関《せき》ヶ《が》原《はら》で名《めい》探《たん》偵《てい》!!

―タイムスリップ探偵団《たんていだん》は天《てん》下《か》分《わ》け目《め》を行《い》ったり来《き》たりの巻《まき》―

楠《くすの》木《き》誠《せい》一《いち》郎《ろう》／作《さく》　岩《いわ》崎《さき》美《み》奈《な》子《こ》／絵《え》

講談社 青い鳥文庫

もくじ

登場人物紹介《とうじょうじんぶつしょうかい》

1　A《エー》班《はん》かB《ビー》班《はん》か、それが問題《もんだい》だ

「なあ、拓哉《たくや》。それで、どうするんだよ。」

左《ひだり》どなりを歩《ある》く堀田亮平《ほったりょうへい》が、ぼく——氷室拓哉《ひむろたくや》——に声《こえ》をかけてきた。

中学校《ちゅうがっこう》からの帰《かえ》り道《みち》だ。通《かよ》っているのは、地元音羽《じもとおとわ》の公立中学校《こうりつちゅうがっこう》。

ぼくと亮平《りょうへい》は同《おな》じ一年《ねん》一組《くみ》。

いまは二学期《がっき》の期末試験《きまつしけん》が終《お》わったばかりの十二月《がつ》の中旬《ちゅうじゅん》の金曜日《きんようび》。

ぼくは、黒《くろ》い詰《つ》め襟《えり》の学生服《がくせいふく》のボタンがはちきれそうになっている亮平《りょうへい》のほうをチラッと見《み》た。幼稚園時代《ようちえんじだい》から幼《おさな》なじみの亮平《りょうへい》は図体《ずうたい》がでかい。小学校《しょうがっこう》五年生《ねんせい》のとき、高校《こうこう》の相撲部《すもうぶ》からスカウトされたほどだ。だから中学《ちゅうがく》に入《はい》ったら、相撲部《すもうぶ》はないので柔道部《じゅうどうぶ》に入《はい》ると思《おも》っていた。

でもちがっていた。亮平《りょうへい》は、「和菓子《わがし》が食《た》べられる」というだけの理由《りゆう》で茶道部《さどうぶ》に入《はい》ったのだ。いまだに信《しん》じられない。女子《じょし》たちに便利《べんり》に使《つか》われているというのに、本人《ほんにん》は楽《たの》しそうにやっている。

かくいうぼくは、この中学校《ちゅうがっこう》に映画関係《えいがかんけい》の部活《ぶかつ》がなかったのでテニス部《ぶ》に所属《しょぞく》しているが、いずれ映画同好会《えいがどうこうかい》を作《つく》ってやろうと思《おも》っている。

部活《ぶかつ》の話《はなし》は、こっちにおいといて。

また亮平《りょうへい》の声《こえ》が聞《き》こえてくる。

「拓哉《たくや》、どうするんだよ。」

「うーむ。」

じつは――。

二学期《がっき》の終業式直前《しゅうぎょうしきちょくぜん》、中学校《ちゅうがっこう》では全学年《ぜんがくねん》の全《ぜん》クラスによる校内駅伝大会《こうないえきでんたいかい》がおこなわれることになっている。ただグラウンドをぐるぐる回《まわ》るのではない。学校《がっこう》の敷地内《しきちない》のあちこちを走《はし》りまわるのだ。

中学校《ちゅうがっこう》は各学年《かくがくねん》の生徒数《せいとすう》がおよそ百人《にん》で三クラス。各《かく》クラス三十三人前後《にんぜんご》。

だけど三十三人《にん》で駅伝《えきでん》の一チームだと選手《せんしゅ》が多《おお》すぎる。かといってチームがたくさんありすぎるのもナニだっていうんで、各《かく》クラスがA班《エーはん》・B班《ビーはん》の二チームに分《わ》かれることになった。

つまり各《かく》クラス二チーム、各学年《かくがくねん》六チーム、全学年《ぜんがくねん》十八チーム。この十八チームで競《きそ》うことになっている。

ただし中学《ちゅうがく》三年生《ねんせい》が強《つよ》いとはかぎらない。まだ小学校《しょうがっこう》を卒業《そつぎょう》して半年《はんとし》ちょっとしかたっていない中学《ちゅうがく》一年生《ねんせい》のチームが優勝《ゆうしょう》したことはないらしいが、過去《かこ》に中学《ちゅうがく》二年生《ねんせい》のチームが優勝《ゆうしょう》したことは、なんどかあるらしい。

ぼくと亮平《りょうへい》のいる一年《ねん》一組《くみ》は三十三人《にん》だから十七人《にん》のA班《エーはん》、十六人《にん》のB班《ビーはん》に分《わ》かれる。全《ぜん》コースは十七区間《くかん》に分《わ》かれる。A班《エーはん》はひとり一区間《くかん》。B班《ビーはん》は第《だい》一区間《くかん》を走《はし》った生徒《せいと》が第《だい》十七区間《くかん》も走《はし》らなければならない。

そこで委員長率《いいんちょうひき》いるA班《エーはん》、副委員長率《ふくいいんちょうひき》いるB班《ビーはん》が、それぞれ生徒《せいと》の取《と》り合《あ》いをした結《けっ》果《か》、自分《じぶん》でいうのもなんだけど、クラスでずばぬけて足《あし》の速《はや》いぼくだけが遠慮《えんりょ》のかたまりになって残《のこ》ってしまい、どちらに入《はい》るか自分《じぶん》で決《き》めていいことになったのだ。

音羽商店街《おとわしょうてんがい》に入《はい》ったとき、またまた亮平《りょうへい》がきいてきた。

「A班《エーはん》、B班《ビーはん》、どっちに入《はい》るんだよ。」

「まだ決《き》めてない。」

「おれがいるB班《ビーはん》に入《はい》って、第《だい》一区間《くかん》と第《だい》十七区間《くかん》を走《はし》ってくれよ。」

「うーむ。」

一区間《くかん》だけ走《はし》るA班《エーはん》か、二区間《くかん》走《はし》るB班《ビーはん》か、なのだ。

「明日《あした》までに決《き》めなきゃいけないんだぜ。」

「わかってるよ。それより亮平《りょうへい》、おまえ、自分《じぶん》のことを心配《しんぱい》しろよ。」

「どういうこと?」

「おまえの足《あし》。」

「うっ。——おれ、遅《おそ》いもんなあ。そうだ。おれががんばったら、拓哉《たくや》、B班《ビーはん》に入《はい》ってくれるか?」

「考《かんが》えてもいい。」

「だったら、練習《れんしゅう》する。」

「じゃあ、家《いえ》に帰《かえ》ったら、音羽《おとわ》の森《もり》で暗《くら》くなるまで練習《れんしゅう》な。」

「わ、わかった。じゃあ、あとで。」

亮平《りょうへい》は、両親《りょうしん》が営《いとな》む「レストラン堀田《ほった》」がある路地《ろじ》のほうへ曲《ま》がっていった。

亮平《りょうへい》の背中《せなか》を見送《みおく》りながら、ぼくは独《ひと》り言《ごと》をこぼしていた。

「おい、おれ。亮平《りょうへい》のことを心配《しんぱい》している場合《ばあい》かよ。」

自分《じぶん》の家《いえ》のほうに足《あし》を向《む》けたぼくは、ふと立《た》ち止《ど》まり、また歩《ある》きだした。

父親《ちちおや》は二年《ねん》くらい前《まえ》まで刑事《けいじ》だったが、体調《たいちょう》をくずしたのをきっかけに辞《や》め、いまは夜《よる》ガードマンをし、朝《あさ》になって帰宅《きたく》する。

ちょうど学校《がっこう》から帰《かえ》ったころ、出勤前《しゅっきんまえ》の父親《ちちおや》は家《いえ》でくつろいでいて、学校《がっこう》のことを、いろいろききたがる。

駅伝大会《えきでんたいかい》のことをきかれたら、ちょっとめんどうくさいと思《おも》ったのだ。

だって父親《ちちおや》も同《おな》じ中学校《ちゅうがっこう》の出身《しゅっしん》で、二年生《ねんせい》のときに、自分《じぶん》がいるチームが優勝《ゆうしょう》したことがあるというのが自慢《じまん》のひとつだからだ。

でもさあ、どうして親《おや》って、「お父《とう》さんが○○のころは。」とか「お母《かあ》さんが○○のころは。」って、いまの時代《じだい》とくらべたがるんだろう。

わたし——遠山香里《とおやまかおり》——は、私立桜葉女子学園中学校《しりつさくらばじょしがくえんちゅうがっこう》からの帰《かえ》り、地下鉄《ちかてつ》の駅《えき》を上《あ》がった。「浪速都市銀行《なにわとしぎんこう》」の前《まえ》を通《とお》る。ここにあった銀行《ぎんこう》、こんな名前《なまえ》だっけ。ま、いいや。

音羽商店街《おとわしょうてんがい》に入《はい》る。焼《や》き鳥屋《とりや》、お好《この》み焼《や》き屋《や》、さらに最近人気《さいきんにんき》のレストラン「ボクのイタリアン！」の前《まえ》を通《とお》って、目的地《もくてきち》に急《いそ》ぐ。

音羽商店街《おとわしょうてんがい》に唯一《ゆいいつ》ある書店《しょてん》「TATSUYA《タツヤ》」で参考書《さんこうしょ》を買《か》うためだ。一階《かい》はCD《シーディー》やDVD《ディーブイディー》レンタルショップ、二階《かい》は書店《しょてん》、三階《がい》は文具店《ぶんぐてん》になっている。

店《みせ》に入《はい》ろうとしたところで、詰《つ》め襟《えり》の学生服姿《がくせいふくすがた》の拓《た》っくんとばったり出《で》くわした。

「あっ。」

「よっ。」

「亮平《りょうへい》くんは、いっしょじゃないの？」

拓《た》っくんと亮平《りょうへい》くんは、部活以外《ぶかついがい》はいつもいっしょにいるからだ。

「いま、着替《きが》えに帰《かえ》ってる。」

「着替《きが》え？」

「あのさ。」

拓《た》っくんが説明《せつめい》してくれて、こう付《つ》け加《くわ》えた。

「香里《かおり》ちゃんがいたら、あいつ、がんばると思《おも》うんだよな。」

「わかった。『TATSUYA《タツヤ》』で用事《ようじ》すませて家《いえ》に帰《かえ》ってから行《い》くね。」


そして三十分後《ぷんご》。

わたしは、タイムの散歩《さんぽ》がてら、濃《こ》い赤《あか》のネルシャツにジーンズ姿《すがた》で音羽《おとわ》の森《もり》に向《む》かった。わたしがにぎっているリードの先《さき》でちょこちょことご機嫌《きげん》に歩《ある》いているタイムは、平安時代《へいあんじだい》からついてきたわんこ。わたしが飼《か》っている。左目《ひだりめ》のまわりが、なぐられたボクサーみたいに円《まる》く黒《くろ》い。

太陽《たいよう》は沈《しず》み、あたりは暗《くら》くなりかけている。そんな季節《きせつ》だ。

大塚警察署前《おおつかけいさつしょまえ》の横断歩道《おうだんほどう》を渡《わた》り、北東方向《ほくとうほうこう》に、くねくねした坂道《さかみち》をのぼっていく。

この坂《さか》の上《うえ》には音羽《おとわ》の森《もり》が広《ひろ》がっていて、森《もり》の一角《いっかく》に、文京区立音羽公園《ぶんきょうくりつおとわこうえん》がある。音羽《おとわ》公園《こうえん》には、野外音楽堂《やがいおんがくどう》、テニスコート、野球場《やきゅうじょう》、サッカー場《じょう》、プール、児童公園《じどうこうえん》などがある。犬《いぬ》を自由《じゆう》に走《はし》らせることができるドッグランもある。

音羽《おとわ》の森《もり》の空《あ》き地《ち》に、紺色《こんいろ》のパーカーにジーンズ姿《すがた》の拓《た》っくんが立《た》っている。よく見《み》ると、その拓《た》っくんの前《まえ》で、茶色《ちゃいろ》いT《ティー》シャツに緑《みどり》の半《はん》ズボンの亮平《りょうへい》くんが全速力《ぜんそくりょく》で走《はし》っていた。

「亮平《りょうへい》！　速《はや》すぎだよ！　徒競走《ときょうそう》じゃないんだから！　もっとスピード落《お》として、テンポよく走《はし》らなきゃ！」

「全速力《ぜんそくりょく》か、歩《ある》くか、しかできないよ〜。」

「そんなやつがいるB《ビー》班《はん》になんか、入《はい》ってやらないぞ！」

そこで、わたしとタイムに気《き》づいた拓《た》っくんが、わざとらしくいう。

「あっ、香里《かおり》ちゃんだ！」

「えっ！」

亮平《りょうへい》くんも、わたしとタイムに気《き》づくと、速《はや》すぎることなく走《はし》りはじめた。

「が、がんばるよ！」

「なんだよ、できるんじゃないかよ。その調子《ちょうし》だ！　その調子《ちょうし》！」

亮平《りょうへい》くんに声《こえ》をかけた拓《た》っくんが、わたしのほうを見《み》て、親指《おやゆび》を立《た》てた。

思《おも》ったとおり上手《うま》くいったって顔《かお》だ。

近《ちか》づいていったわたしは、拓《た》っくんにきいた。

「拓《た》っくんは、A班《エーはん》、B班《ビーはん》、どっちに入《はい》るの？」

「まだ決《き》めてない。」

「亮平《りょうへい》くんは、どっち？」

「B班《ビーはん》。」

「じゃあ、B班《ビーはん》に入《はい》るの？」

「亮平《りょうへい》はそう希望《きぼう》してるみたいだけど。」

拓《た》っくんが、へろへろになって走《はし》っている亮平《りょうへい》くんのほうを見《み》たときだった。

「あれ？」

あたりの景色《けしき》が、少《すこ》しズレたような気《き》がした。

2　歴史《れきし》に大《おお》きな穴《あな》？

「クゥ〜ン。」

わたし——遠山香里《とおやまかおり》——の足下《あしもと》にいるタイムが鳴《な》く。

「どうしたの、タイム。」

いきなり亮平《りょうへい》くんのさけび声《ごえ》が聞《き》こえてきた。

「ちょ、ちょっ、やめろよ！　蹴《け》るなよ！　なっちゃん！」

「えっ、な、な、なっちゃん!?」

わたしにつづいて、拓《た》っくんも目《め》をみはる。

「ええっ！　あれ、なっちゃんだよ！」

なっちゃん——幼《おさな》い樋口一葉《ひぐちいちよう》だ。わたしたちがはじめてタイムスリップしたときに出《で》会《あ》った。(『坊《ぼ》っちゃんは名探偵《めいたんてい》!』を読《よ》んでね。)

本名《ほんみょう》が奈津《なつ》だから、わたしたちは「なっちゃん」と呼《よ》んでいる。

白地《しろじ》に赤《あか》い絣《かすり》の着物《きもの》に赤《あか》い帯《おび》をしめたなっちゃんが走《はし》りながら、亮平《りょうへい》くんのお尻《しり》を蹴《け》りあげている。

そのたびに亮平《りょうへい》くんは悲鳴《ひめい》をあげる。

「ってことは……。」

わたしがあたりを見《み》まわそうとしたとき、背後《はいご》から声《こえ》をかけられた。

――「ひさしぶり。」

振《ふ》り向《む》いたわたしは思《おも》わず声《こえ》をあげていた。

「夏目《なつめ》くん!」

「ワン!」

わたしの足下《あしもと》にいるタイムも吠《ほ》える。

紺地《こんじ》で白抜《しろぬ》きの井桁絣《いげたがすり》の着物《きもの》に袴《はかま》をはいた書生姿《しょせいすがた》の、まだ若《わか》い夏目漱石《なつめそうせき》だ。本名《ほんみょう》は金之《きんの》助《すけ》。わたしたちと同《おな》い年《どし》のはず。

タイムスリップをはじめてしばらくはちょくちょく会《あ》っていたけど、最近《さいきん》ずっと会《あ》っていなかった。

夏目少年《なつめしょうねん》が、走《はし》りながら逃《に》げる亮平《りょうへい》くんと、亮平《りょうへい》くんのお尻《しり》を蹴《け》っているなっちゃんを見《み》ながら笑《わら》う。

「あははは！　あいかわらずだな！」

亮平《りょうへい》くんが、わたしたちのほうに向《む》かって逃《に》げてくる。

「ちょ、ちょっとなっちゃん！　やめろよ！　だから、痛《いた》いって！」

そうさけびながらも、亮平《りょうへい》くんはけっして怒《おこ》っているわけではない。仲《なか》のよい妹《いもうと》と遊《あそ》んでいるかんじに見《み》える。

なっちゃんが亮平《りょうへい》くんのお尻《しり》を蹴《け》るのをやめ、わたし、拓《た》っくん、夏目少年《なつめしょうねん》の前《まえ》まで走《はし》ってきて、立《た》ち止《ど》まった。

亮平《りょうへい》くんは、両手《りょうて》をひざについて、肩《かた》で息《いき》をしている。

わたしは夏目少年《なつめしょうねん》にきいた。

「どうしたの？　いきなりあらわれて。」

この二十一世紀《せいき》に、若《わか》い夏目漱石《なつめそうせき》と幼《おさな》い樋口一葉《ひぐちいちよう》がいるということは、ふたりともタイムスリップ、いや、タイムトリップしてきたことになる。

タイムスリップは、どの時代《じだい》に行《い》くかわからないものを指《さ》す。

だがタイムトリップはそうではない。目的時間《もくてきじかん》と目的地《もくてきち》を設定《せってい》できるタイムスコープを持《も》っているとできるのだ。

タイムスコープ――時間管理局《じかんかんりきょく》が開発《かいはつ》した時界移動装置《じかいいどうそうち》のこと。長《なが》い楕円形《だえんけい》で、電源《でんげん》とする太陽光取《たいようこうと》りこみパネル、情報《じょうほう》を映《うつ》し出《だ》す液晶窓《えきしょうまど》、数字《すうじ》を打《う》ちこむボタンなどが並《なら》んでいる手《て》のひらサイズの機械《きかい》だ。見《み》るたびに少《すこ》しずつ形状《けいじょう》が異《こと》なっているから、バージョンアップしているのかもしれない。

夏目少年《なつめしょうねん》だけではない。

わたしたちがはじめてタイムスリップするスタート地点《ちてん》となった上野《うえの》の歴史風俗博物館《れきしふうぞくはくぶつかん》のなかにある「上岡写真館《かみおかしゃしんかん》」のカメラマン上岡《かみおか》さんもタイムスコープを持《も》っている。

美人女子大生《びじんじょしだいせい》の野々宮麻美《ののみやあさみ》さんも、かつては持《も》っていた。

麻美《あさみ》さんは、東京学術大学文学部国文学専攻《とうきょうがくじゅつだいがくぶんがくぶこくぶんがくせんこう》二年生《ねんせい》。彼氏《かれし》の手塚理夫《てづかまさお》さんは同《おな》じ東京学《とうきょうがく》術大学理学部大学院博士課程《じゅつだいがくりがくぶだいがくいんはくしかてい》。理夫《まさお》さんは、わたしのパパ、遠山雅彦《とおやままさひこ》の教《おし》え子《ご》でもある。

麻美《あさみ》さんとは、わたしたちがはじめてタイムスリップした明治時代《めいじじだい》の東京《とうきょう》で出会《であ》った。

(『坊《ぼ》っちゃんは名探偵《めいたんてい》!』を読《よ》んでね。)以後《いご》、タイムスリップした先《さき》で出会《であ》い、いまでは、わたしたち三人《にん》のお姉《ねえ》さん的存在《てきそんざい》になってくれている。

話《はなし》をもどすけど、タイムスコープは、わたし、拓《た》っくん、亮平《りょうへい》くんが、ずっと欲《ほ》しがっているもの。でも手《て》にすることができないままなのだ。

夏目少年《なつめしょうねん》は、音羽《おとわ》の森《もり》のなかを見《み》まわしてから、わたしたちをそっと手招《てまね》きした。

拓《た》っくんと亮平《りょうへい》くんも顔《かお》を近《ちか》づける。

夏目少年《なつめしょうねん》が小声《こごえ》でいう。

「歴史《れきし》の、日本史《にほんし》の、時界《じかい》の壁《かべ》の一か所《しょ》に、穴《あな》があいてしまっているんだよ。」

「どういうこと?」

「君《きみ》たち、自覚《じかく》がないの?」

「え……。」

わたし、拓《た》っくん、亮平《りょうへい》くんは、顔《かお》を見合《みあ》わせた。

夏目少年《なつめしょうねん》がつづける。

「君《きみ》たち、これまで、タイムスコープもなしに、何十回《なんじっかい》もタイムスリップして、歴史上《れきしじょう》の人物《じんぶつ》と接触《せっしょく》してきたよね？」

うなずいてから、わたしはきいた。

「どういうこと？」

「その結果《けっか》、歴史《れきし》はどうなった？」

「なにも変《か》わってないと思《おも》うけど。」

夏目少年《なつめしょうねん》が念《ねん》を押《お》すようにきく。

「ほんとうに、ちゃんと元《もと》どおりになってきた？」

亮平《りょうへい》くんが前《まえ》に出《で》る。

「おれたち、二十一世紀《せいき》にもどってから、なんども日本史《にほんし》の本《ほん》でたしかめてきたよ。歴史《れきし》が変《か》わっていないかどうかを。」

「そうだよ。」

拓《た》っくんもうなずく。

「でもね。」

夏目少年《なつめしょうねん》が人差《ひとさ》し指《ゆび》を立《た》てながらいう。

「それは表向《おもてむ》きのことで、じつは、小《ちい》さな小《ちい》さな歪《ひず》みが生《しょう》じてきたんだ。」

わたしたちは、ぽかんと口《くち》を開《あ》けた。

夏目少年《なつめしょうねん》がつづける。

「日本史《にほんし》のあちこちにできた小《ちい》さな歪《ひず》みが積《つ》もりに積《つ》もって、時界《じかい》の壁《かべ》の、とある一か所《しょ》に大《おお》きな穴《あな》をあけてしまった。どうして、そこに穴《あな》があいてしまったかは、まだ、わかっていないんだけどね。」

「それで？」

わたしは先《さき》をうながした。

「小《ちい》さな歪《ひず》みがひとつふたつなら、歴史《れきし》そのものがもっている自然治癒力《しぜんちゆりょく》で修正《しゅうせい》できるみたいなんだけど、今回《こんかい》ばかりは無理《むり》みたいで。」

「で？」

「歪《ひず》みを作《つく》った張本人《ちょうほんにん》の、君《きみ》たち三人《にん》が、その場所《ばしょ》に飛《と》びこんで修正《しゅうせい》しなければならないんだよ。」

「それって、どこなの？」

夏目少年《なつめしょうねん》はあたりを見《み》まわすと、口《くち》を閉《と》ざした。

すると、なっちゃんが一枚《まい》の紙《かみ》を懐《ふところ》から出《だ》しながらいった。

その紙《かみ》はタテに二《ふた》つ折《お》りで、折《お》られた左側《ひだりがわ》の谷部分《たにぶぶん》になにか書《か》かれている。

「口《くち》にすると、どこかで見張《みは》ってるタイムパトロールに捕《つか》まってしまうから。」

タイムパトロール——時界《じかい》を行《ゆ》き来《き》しながら、夏目少年《なつめしょうねん》やなっちゃんたちのようなタイムトリッパー、わたしたちのようなタイムスリッパーを捕《つか》まえる連中《れんちゅう》だ。

わたし、拓《た》っくん、亮平《りょうへい》くんも、そっと、あたりを見《み》まわした。

「夏目《なつめ》くんとなっちゃん、見張《みは》られてるの？」

うなずいてから夏目少年《なつめしょうねん》がいった。

「忘《わす》れてない？　君《きみ》たちも、ずっと見張《みは》られているんだよ。」

そうだった。

最近《さいきん》、タイムパトロールに追《お》われていないから、わたしたちは、すっかり油断《ゆだん》しててしまっていた。

夏目《なつめ》少年《しょうねん》がつづける。

「まして時界《じかい》の壁《かべ》に大《おお》きな穴《あな》をあけてしまったから、よけいに監視《かんし》の目《め》がきびしくなってる。」

「そんなっ。」

わたしは、なっちゃんにもらった紙《かみ》をそっと広《ひろ》げた。

ヲ　「　目

「なに、これ。」

わたしがつぶやいたとき、目《め》の前《まえ》の夏目少年《なつめしょうねん》がタイムスコープを操作《そうさ》しはじめた。

わたしが二《ふた》つ折《お》りの紙《かみ》をシャツの胸《むね》ポケットにしまったときだった。

どこかで声《こえ》がした。

——「おい!」

——「あそこだ!」

——「あそこにいたぞ!」

音羽《おとわ》の森《もり》のなかから、複数《ふくすう》の声《こえ》が聞《き》こえてきた。

声《こえ》がしたほうを見《み》た。

黒《くろ》いスーツ、黒《くろ》いシャツ、黒《くろ》いネクタイをまとい、黒《くろ》のサングラスをかけた男《おとこ》三人組《にんぐみ》が、わたしたちのほうに向《む》かって走《はし》ってくる

ところだった。ひとりは背《せ》が高《たか》い。ひとりは背《せ》が低《ひく》い。ひとりは太《ふと》めで体格《たいかく》がいい。

「タイムパトロール……。」

わたしは、つぶやいた。

時界《じかい》の壁《かべ》に大《おお》きな穴《あな》をあけてしまったわたしたち、そのわたしたちに注意《ちゅうい》をうながしにきた夏目少年《なつめしょうねん》となっちゃんを、追《お》ってきたにちがいない。

なっちゃんが右手《みぎて》で夏目少年《なつめしょうねん》の袴《はかま》をにぎり、左手《ひだりて》で亮平《りょうへい》くんの半《はん》ズボンをにぎっている。

さらに亮平《りょうへい》くんが、とっさに拓《た》っくんの手首《てくび》をつかんだ。

拓《た》っくんは、わたしの腕《うで》をつかんできた。

耳《みみ》に、夏目少年《なつめしょうねん》の声《こえ》が聞《き》こえたような気《き》がした。

――「あとはたのんだからね。」

目《め》の前《まえ》が真《ま》っ白《しろ》になった。

〈読者諸君《どくしゃしょくん》へ第《だい》一の挑戦状《ちょうせんじょう》〉

さて、親愛《しんあい》なる読者諸君《どくしゃしょくん》。
わたしから読者諸君《どくしゃしょくん》へ挑戦《ちょうせん》だ。
なっちゃんこと幼《おさな》い樋口一葉《ひぐちいちよう》が作《つく》った暗号《あんごう》を解読《かいどく》してほしい。
解読《かいどく》すると、香里《かおり》、拓哉《たくや》、亮平《りょうへい》がこれからタイムトリップする先《さき》がわかる。
諸君《しょくん》の健闘《けんとう》を祈《いの》る。
また第《だい》3章《しょう》のあとでお会《あ》いしよう。

3 時界《じかい》の壁《かべ》のどこに穴《あな》があいたの？

わたし——遠山香里《とおやまかおり》——は目《め》を開《あ》けた。

目《め》の前《まえ》に黒《くろ》く光《ひか》るものが見《み》えたかと思《おも》うと、ピンク色《いろ》のものが正面《しょうめん》から迫《せま》ってきた。

次《つぎ》には、顔全体《かおぜんたい》を、ぬめっとした生温《なまあたた》かい感触《かんしょく》が占領《せんりょう》した。

うわっ、なにこれ。

ピンク色《いろ》のものも、黒《くろ》く光《ひか》るものも正面向《しょうめんむ》こうに退《さ》がっていく。

タイムが、わたしの顔《かお》をべろりと舐《な》めて起《お》こしてくれたのだ。

「タイムぅ、ありがとう。」

「クゥ〜ン。」

わたしは、仰向《あおむ》けでも、うつぶせでもなく、横《よこ》を向《む》いた姿勢《しせい》で地面《じめん》の上《うえ》に倒《たお》れていた。

わたしは身体《からだ》を起《お》こして、周囲《しゅうい》を見《み》まわした。

外《そと》だ。

あたりは霧《きり》に包《つつ》まれていて、少《すこ》しひんやりしていた。でも寒《さむ》いかんじではない。

音羽《おとわ》の森《もり》にいきなり霧《きり》が発生《はっせい》した？

ううん、ちがう。

さっき、目《め》の前《まえ》が真《ま》っ白《しろ》になった。

これまでの経験《けいけん》からすると、どこかにタイムスリップしたにちがいない。

あっ。

わたしは、タイムスリップする寸前《すんぜん》のことを思《おも》い出《だ》した。夏目少年《なつめしょうねん》がタイムスコープを取《と》り出《だ》して操作《そうさ》をしていたから、正《ただ》しくはタイムトリップしたのだ。

わたしは、名前《なまえ》を呼《よ》んだ。

「夏目《なつめ》くん？　なっちゃん？」

返事《へんじ》がない。

「夏目《なつめ》くん？　なっちゃん？」

わたしは、もういちど、ふたりの名前《なまえ》を呼《よ》んだ。

やっぱり返事《へんじ》がない。

ふたりの声《こえ》は返《かえ》ってこない。

ふたりはタイムトリップしなかったのだろうか。

わたしは、もういちどあたりを見《み》まわした。

それにしても、ここ、どこだろう。

——「うう。」

——「う～ん。」

どこからか、うめくような声《こえ》が聞《き》こえてきた。

わたしは霧《きり》のなかを、目《め》をこらして見《み》た。

だんだん目《め》が慣《な》れてくる。

わたしとタイムから二メートルくらい離《はな》れたところに、拓《た》っくんと亮平《りょうへい》くんも横向《よこむ》きに倒《たお》れているのが見《み》えた。

わたしは、地面《じめん》に両手《りょうて》をついて、はっていった。

拓《た》っくんと亮平《りょうへい》くんの肩《かた》をゆすった。

「拓《た》っくん、起《お》きて。」

「亮平《りょうへい》くん、起《お》きて。」

ふたりがほぼ同時《どうじ》に身体《からだ》を起《お》こし、あたりを見《み》まわす。

「またまたまたまた……。」

「……タイムスリップ、いや、タイムトリップしたみたいだな。」

亮平《りょうへい》くんと拓《た》っくんはそういうと、ふたりそろって頭《あたま》を横《よこ》に振《ふ》った。

わたしは、ふたりにいった。

「いっしょにいたはずの夏目《なつめ》くんとなっちゃんがいないのよ。」

「えっ！」

拓《た》っくんと亮平《りょうへい》くんはハモりながら、あたりをきょろきょろ。

わたしは、ふたりにいった。

「夏目《なつめ》くん、タイムスコープ持《も》ってたよね。いっしょにタイムトリップしてなきゃいけないはずなのに。」

亮平《りょうへい》くんが明後日《あさって》の方向《ほうこう》を見《み》ながらいう。

「もしかしたらタイムトリップしてる途中《とちゅう》で手《て》を放《はな》して入力《にゅうりょく》しなおしたか？　いや、待《ま》てよ。じゃないとしたら、いっしょにここにタイムトリップしてきて、そのうえで、ふたりで、ほかの時間《じかん》に移動《いどう》したのか……。」

拓《た》っくんが感心《かんしん》したようにいう。

「亮平《りょうへい》、おまえ、なかなか冷静《れいせい》だな。」

「まあね。」

「で、ここ、何時代《なにじだい》だよ。亮平《りょうへい》、わかるか？」

亮平《りょうへい》くんが顔《かお》をあげ、鼻《はな》をうごめかせ、くんくん。

「わからないよ。あたり霧《きり》だらけだし。ただ外《そと》ってことだけ。」

「そっか。——あっ、そういえば。」

拓《た》っくんが、わたしを見《み》てくる。

「ここはさ、夏目少年《なつめしょうねん》がいっていた、時界《じかい》の壁《かべ》に大《おお》きな穴《あな》があいてしまったところなんじゃないか？」

うなずいてから、亮平《りょうへい》くんがわたしにいう。

「なっちゃんが、香里《かおり》ちゃんに紙《かみ》を渡《わた》してなかった？」

「あっ！」

わたしは、シャツの胸《むね》ポケットに手《て》を入《い》れて、二《ふた》つ折《お》りの紙《かみ》を取《と》り出《だ》して広《ひろ》げた。

ヲ　⌉　目

亮平《りょうへい》くんがつぶやく。

「お、かぎ、め……なんだ？　あ、痛《い》ててて。」

「どうした、亮平《りょうへい》。」

「左《ひだり》わき腹《ばら》が痛《いた》い。」

「なんで？」

亮平《りょうへい》くんが、自分《じぶん》が倒《たお》れていたあたりの地面《じめん》を指《ゆび》さした。

「あれだ。地面《じめん》に埋《う》まった石《いし》があたってたんだよ。痛《い》てて。」

亮平《りょうへい》くんは左手《ひだりて》で左《ひだり》わき腹《ばら》を押《お》さえながら、身体《からだ》を左《ひだり》に折《お》った。

〈読者諸君《どくしゃしょくん》へ第《だい》二の挑戦状《ちょうせんじょう》〉

ふたたび親愛《しんあい》なる読者諸君《どくしゃしょくん》。

ヒントはすでに出《だ》していた23ページの「その紙《かみ》はタテに二《ふた》つ折《お》りで、折《お》られた左側《ひだりがわ》の谷《たに》部分《ぶぶん》になにか書《か》かれている。」の部分《ぶぶん》だ。

もしわからなければ、身近《みぢか》にある紙《かみ》をタテに二《ふた》つ折《お》りして、左側《ひだりがわ》の谷部分《たにぶぶん》に、

ヲ　ㄱ　　目

と書《か》いてみるといい。

また「あとがき」でお会《あ》いしよう。

4　二《ふた》つ折《お》りの暗号《あんごう》を解読《かいどく》せよ

「だいじょうぶ？」

わたし——遠山香里《とおやまかおり》——は、左《ひだり》わき腹《ばら》を押《お》さえながら、身体《からだ》を左《ひだり》に折《お》っている亮平《りょうへい》くんの顔《かお》をのぞきこんだ。

亮平《りょうへい》くんは、うんうんとうなずいていった。

「それより、なっちゃんの作《つく》った暗号《あんごう》を解《と》こうよ。そうすれば、ここが、いつで、どこなのか、わかると思《おも》うから。」

わたしは、身体《からだ》を左《ひだり》に折《お》っている亮平《りょうへい》くんを見《み》ていて、気《き》づいた。

「あっ！」

わたしは、広《ひろ》げていた紙《かみ》をのぞきこんだまま、もとのとおりに少《すこ》し折《お》った。

ヲ ｢ 目

よく見《み》ると、この暗号《あんごう》の字面《じづら》の右端《みぎはし》に折《お》れ目《め》がある。

「そうか！」

「なに？」

拓《た》っくんと亮平《りょうへい》くんがハモりながら、きいてくる。

「これ、折《お》れ目《め》を境《さかい》にして、鏡文字《かがみもじ》になってるのよ！」

「どういうこと？」

亮平《りょうへい》くんがきいてくる。

「これは、本来書《ほんらいか》かれているべき文字《もじ》の左半分《ひだりはんぶん》なのよ。」

「あっ！」

亮平《りょうへい》くんも気《き》づいたらしい。

「ああっ！」

つづいて拓《た》っくんも気《き》づいた。つまり――。

ヲ＝「天《てん》」の左半分《ひだりはんぶん》
ㄱ＝「T《ティー》」の左半分《ひだりはんぶん》

拓《た》っくんが首《くび》をひねる。

「『天T《てんティー》』……『目《め》』？」

わたしは説明《せつめい》した。

「この『T《ティー》』は、ほんとうは『下《した》』って書《か》きたかったんじゃない？　そうすると『天下《てんか》』になるでしょ？　で、左右《さゆう》に『分《わ》け』てた。それに『目《め》』を足《た》すの。」

亮平《りょうへい》くんが目《め》を見開《みひら》いた。

「なっちゃん、やっぱり子供《こども》だな。詰《つ》めが甘《あま》い。そうか、『天下分《てんかわ》け目《め》』っていいたかったのか！」

「でも口《くち》に出《だ》して、いっちゃうと、夏目《なつめ》くんとなっちゃんもタイムパトロールに捕《つか》まっちゃうから、わたしたちにいえなかったのよ。」

●香里《かおり》クイズ
Q《キュー》．「天下分け目《てんかわけめ》」といえば？
A《エー》　壬申《じんしん》の乱《らん》
B《ビー》　関ヶ原《せきがはら》の戦《たたか》い
C《シー》　戊辰戦争《ぼしんせんそう》

亮平《りょうへい》くんが、はっきりとした口調《くちょう》でいう。

「天下分け目《てんかわけめ》といえば、関ヶ原《せきがはら》の戦《たたか》いだ！　日本史上《にほんしじょう》で天下《てんか》を二分《にぶん》するような戦《たたか》いっていうと、旧幕府軍《きゅうばくふぐん》と新政府軍《しんせいふぐん》が戦《たたか》った戊辰戦争《ぼしんせんそう》も天下分け目《てんかわけめ》といえないこともないけど、やっぱり『天下分け目《てんかわけめ》』といえば関ヶ原《せきがはら》の戦《たたか》いだよ！」

「ってことは、何年《なんねん》だ？」

拓《た》っくんが首《くび》をかしげる。

●香里《かおり》クイズ
Q《キュー》．関《せき》ヶ原《がはら》の戦《たたか》いは西暦何年《せいれきなんねん》？
A《エー》　一五〇〇年《ねん》
B《ビー》　一六〇〇年《ねん》
C《シー》　一七〇〇年《ねん》

●香里《かおり》クイズ
Q《キュー》．関《せき》ヶ原《がはら》の戦《たたか》いは旧暦《きゅうれき》の何月何日《なんがつなんにち》？
A《エー》　八月《がつ》十五日《にち》
B《ビー》　九月《がつ》十五日《にち》
C《シー》　十月《がつ》十五日《にち》

亮平《りょうへい》くんは、左《ひだり》わき腹《ばら》の痛《いた》みがおさまったのか、地面《じめん》にすわったまま胸《むね》を張《は》っていった。

「関《せき》ヶ《が》原《はら》の戦《たたか》いは慶長《けいちょう》五年《ねん》九月《がつ》十五日《にち》。西暦《せいれき》に換算《かんさん》すると、一六〇〇年《ねん》の十月《がつ》の半《なか》ばか下旬《げじゅん》だよ。」

あとで調《しら》べてわかったところでは、正《ただ》しくは西暦《せいれき》一六〇〇年《ねん》十月《がつ》二十一日《にち》だった。

「な〜る。がってん、がってん。」

拓《た》っくんが、右《みぎ》の拳《こぶし》で左《ひだり》の手《て》のひらをたたきながら、いった。

「な〜る、は、おれの……。」

「専売特許《せんばいとっきょ》っていいたいんだろ。」

「うん。」

わたしは暗号《あんごう》の書《か》かれた紙《かみ》を、またシャツの胸《むね》ポケットにしまいながら、亮平《りょうへい》くんにきいた。

「旧暦《きゅうれき》の十五日《にち》って満月《まんげつ》よね。徳川家康《とくがわいえやす》と石田三成《いしだみつなり》は満月《まんげつ》ってわかってて戦《いくさ》をしたの？」

「十五日《にち》になったのは結果的《けっかてき》にだよ。だいいち、原則《げんそく》として、夜中《よなか》に戦《いくさ》をはじめようとは思《おも》わないだろうし。」

「な〜る。」

「だから、な〜る、は……。」

「はいはい。」

わたしは、亮平《りょうへい》くんの文句《もんく》をはぐらかしてから、霧《きり》が立《た》ちこめたあたりを見《み》まわした。

「ここ、関ヶ原《せきがはら》のどこなんだろう。」

わたしは耳《みみ》をすましたけど、なにも聞《き》こえない。

「戦《いくさ》、はじまってるのかな。」

「この霧《きり》からすると、まだ夜明《よあ》け前《まえ》じゃないかな。」

そう答《こた》えた亮平《りょうへい》くんに、わたしは尋《たず》ねた。

「ねえ、関ヶ原《せきがはら》の戦《たたか》いって、一日《いちにち》のうちの何時《なんじ》ごろにはじまったの？」

「たしか午前《ごぜん》八時《じ》くらいだったと思《おも》うけど。」

すると、すぐさま拓《た》っくんがツッコミを入《い》れた。

「さすが亮平《りょうへい》、時代劇《じだいげき》オタク。」

「時代劇《じだいげき》オタクというな。」

「じゃあ、時代劇《じだいげき》マニア。」

「だから……。」

「時代劇《じだいげき》ファン。」

毎度毎度《まいどまいど》の、拓《た》っくんと亮平《りょうへい》くんのやりとりだ。あきてるけど、なかったら少《すこ》しさびしいかもしれない。もはや、わたしたちタイムスリップ探偵団《たんていだん》の伝統芸《でんとうげい》？

わたしは、また、あたりを見《み》まわしながら、だれにともなくいった。

「ここが一六〇〇年《ねん》の旧暦《きゅうれき》九月《がつ》十五日朝《にちあさ》の関ヶ原《せきがはら》なら、関ヶ原《せきがはら》の戦《たたか》いの戦場《せんじょう》のどこらへんにいるんだろうね。」

「さて。」

拓《た》っくんが首《くび》をひねる。

「亮平《りょうへい》、わかるか。」

「わからないよ。」

わたしは不安《ふあん》になってきた。

「だれかの陣《じん》の近《ちか》くならいいけど、もし、戦場《せんじょう》のど真《ま》ん中《なか》だとしたら、わたしたち戦《いくさ》に巻《ま》きこまれてしまうかもしれない。下手《へた》したら……。」

そこから先《さき》はいえなかった。……死《し》んじゃうかもしれない。

いやだ。タイムスリップした先《さき》で死《し》にたくなんかない。

●香里《かおり》クイズ
Q《キュー》．関ヶ原《せきがはら》の戦《たたか》いで指揮《しき》したのは、だれとだれ？
A《エー》　織田信長《おだのぶなが》と明智光秀《あけちみつひで》
B《ビー》　豊臣秀吉《とよとみひでよし》と真田幸村《さなだゆきむら》
C《シー》　徳川家康《とくがわいえやす》と石田三成《いしだみつなり》

「あのさ。」

拓《たく》っくんだ。

「たしか関ヶ原《せきがはら》の戦《たたか》いって、東軍《とうぐん》を率《ひき》いているのが徳川家康《とくがわいえやす》で、西軍《せいぐん》を率《ひき》いているのが石田三成《いしだみつなり》だったよね。」

亮平《りょうへい》くんが詳《くわ》しく教《おし》えてくれた。

「関ヶ原《せきがはら》の戦《たたか》いの遠《とお》い原因《げんいん》となったのは豊臣秀吉《とよとみひでよし》の死《し》だったんだ。そのとき豊臣政権《とよとみせいけん》を継《つ》いだ息子《むすこ》の秀頼《ひでより》は数《かぞ》えの六歳《さい》。政《まつりごと》ができない。自分《じぶん》の死後《しご》のことを考《かんが》えていた秀吉《ひでよし》は、秀頼《ひでより》を補佐《ほさ》する五大老《ごたいろう》と、じっさいに政治《せいじ》をおこなう五奉行《ごぶぎょう》を設置《せっち》した。」

「五大老《ごたいろう》って、だれだっけ。」

わたしは、亮平《りょうへい》くんにきいた。

「徳川家康《とくがわいえやす》、前田利家《まえだとしいえ》、毛利輝元《もうりてるもと》、小早川隆景《こばやかわたかかげ》、宇喜多秀家《うきたひでいえ》だよ。小早川隆景《こばやかわたかかげ》が亡《な》くなったあとは上杉景勝《うえすぎかげかつ》が任命《にんめい》された。」

「なら、五奉行《ごぶぎょう》って？」

「浅野長政《あさのながまさ》、石田三成《いしだみつなり》、長束正家《なつかまさいえ》、前田玄以《まえだげんい》、増田長盛《ましたながもり》だよ。」

「それで秀吉《ひでよし》さんが死《し》んでからは、どうなったの？」

「『もう豊臣《とよとみ》の時代《じだい》は終《お》わった。』と判断《はんだん》して台頭《たいとう》してきたのが徳川家康《とくがわいえやす》で、『まだ豊臣《とよとみ》の時代《じだい》はつづいている。』と主張《しゅちょう》した代表《だいひょう》が石田三成《いしだみつなり》だった。やがて豊臣秀吉《とよとみひでよし》に従《したが》っていた全国《ぜんこく》の武将《ぶしょう》たちが、徳川家康《とくがわいえやす》に従《したが》う東軍《とうぐん》、豊臣政権存続《とよとみせいけんそんぞく》を信《しん》じる西軍《せいぐん》に分《わ》かれはじめた。」

「石田三成《いしだみつなり》は西軍《せいぐん》の大将《たいしょう》じゃないってこと？」

「西軍《せいぐん》の大将《たいしょう》は豊臣秀頼《とよとみひでより》だけど、関ヶ原《せきがはら》の戦《たたか》いのころは、まだ八歳《さい》だから、五大老《ごたいろう》のなかの毛利輝元《もうりてるもと》が名前《なまえ》だけ大将《たいしょう》になったんだ。じっさいの戦《いくさ》は石田三成《いしだみつなり》が指揮《しき》した。だから、関ヶ原《せきがはら》の戦《たたか》いは、徳川家康《とくがわいえやす》と石田三成《いしだみつなり》が戦《たたか》ったって思《おも》われているんだ。」

「な〜る。」

わたしは亮平《りょうへい》くんのまねをした。

亮平《りょうへい》くんが少《すこ》しむっとした顔《かお》をすると、拓《た》っくんが手《て》をたたいて笑《わら》った。

そのとき、ずっとわたしのそばにいたタイムの耳《みみ》がぴんと立《た》った。

「ウウウ。」

タイムが、うなりはじめた。

「タイム、どうしたの？」

次《つぎ》の瞬間《しゅんかん》、霧《きり》のあいだから、なにか光《ひか》るものが飛《と》び出《だ》し、迫《せま》ってきた。

これは金属《きんぞく》。なに？　刀《かたな》の先《さき》!?　ちがう。なに？

さらに近《ちか》づいてくる。わたしの目《め》の前《まえ》、数《すう》センチで止《と》まった。

槍《やり》の穂先《ほさき》だった。

ひっ。声《こえ》も出《で》なければ、のどが鳴《な》ることもなかった。

わたしだけでなく、拓《た》っくんも亮平《りょうへい》くんも固《かた》まっていた。

ガチャ、ガチャ。

聞《き》き覚《おぼ》えのある音《おと》。

甲冑《かっちゅう》、武具《ぶぐ》の音《おと》につづき、地面《じめん》を踏《ふ》みしめる音《おと》が、すぐ近《ちか》くから聞《き》こえてきた。

霧《きり》のあいだから、さらに、なにかが見《み》えてきた。

槍《やり》の本体《ほんたい》、柄《え》、手甲《てっこう》をはめた手《て》、腕《うで》……。

だれなんだろう。

そして、槍《やり》の持《も》ち主《ぬし》の顔《かお》がぼんやり見《み》えはじめた。

若《わか》い武将《ぶしょう》でもなければ、壮年《そうねん》の武将《ぶしょう》でもなかった。

槍《やり》の主《ぬし》は、初老《しょろう》、いや、老人《ろうじん》といっていい武将《ぶしょう》だった。

なぜ武将《ぶしょう》だとわかったかというと、鎧《よろい》も、兜《かぶと》も立派《りっぱ》だったからだ。
鎧《よろい》は黒《くろ》く光《ひか》り、陣羽織《じんばおり》はオレンジ色《いろ》、兜《かぶと》には朱色《しゅいろ》の大《おお》きなU字《ユージ》の前立《まえた》てが目立《めだ》ってい
た。すごく、おしゃれな出《い》で立《た》ちだ。
槍《やり》の主《ぬし》が、正面《しょうめん》のわたし、わたしの右《みぎ》どなりに立《た》つ拓《た》っくん、左《ひだり》どなりに立《た》つ亮平《りょうへい》くん
を、順《じゅん》ぐりに、じろりと見《み》てきた。
「子供《こども》が、こんなところでなにをしておる。」
さらに全身《ぜんしん》にゆっくり目《め》を走《はし》らせている。
「しかも妙《みょう》な身《み》なりをしておる。」
あっ、わたしたち、二十一世紀《せいき》の服《ふく》を着《き》たまんまだ。
わたしたちは、たがいに顔《かお》を見合《みあ》わせた。
逃《に》げよう。わたしは心《こころ》のなかでいうと、回《まわ》れ右《みぎ》をした。
拓《た》っくんと亮平《りょうへい》くんが「あっ。」と声《こえ》をあげた。
ああ、テレパシーは通《つう》じなかった。
わたしの目《め》の前《まえ》に、横向《よこむ》きの槍《やり》があらわれて通《とお》せんぼされた。背後《はいご》にも人《ひと》がいたのだ。

わたしはしかたなく、また回《まわ》れ右《みぎ》をした。

前後《ぜんご》をはさまれて逃《に》げられなくなった。

老人《ろうじん》の武将《ぶしょう》が、トーンは低《ひく》いけど、はっきりとした口調《くちょう》でいった。

「ついてこい。」

老人《ろうじん》の武将《ぶしょう》に連《つ》れられ、背後《はいご》の人《ひと》たちに追《お》い立《た》てられながら、わたしたちは霧《きり》のなかを歩《ある》かされた。

タイム、わたし、亮平《りょうへい》くん、拓《た》っくんの順《じゅん》で、霧《きり》のなかをゆっくり歩《ある》いていく。

足下《あしもと》が傾斜《けいしゃ》になりはじめたとき、前《まえ》を歩《ある》く老人《ろうじん》の武将《ぶしょう》が立《た》ち止《ど》まって、だれかに命《めい》じている声《こえ》が聞《き》こえた。

「いまから上《うえ》の陣《じん》に行《い》く。わが陣《じん》、しっかり守《まも》っておれ。」

つまり、この人《ひと》の陣《じん》は麓《ふもと》にあって、これから山《やま》の上《うえ》の陣《じん》に向《む》かうってこと？

この人《ひと》はだれ？

上《うえ》の陣《じん》にはだれがいるの？

わたしたちは坂道《さかみち》をのぼらされた。

霧《きり》のため、足下《あしもと》の道《みち》ぐらいしか見《み》えない。

左右《さゆう》にクマザサが生《は》えているのは、なんとなく見《み》えている。クマザサって、ほら七夕飾《たなばたかざ》りをするササの仲間《なかま》。

いまのぼっている山《やま》の高《たか》さはどれくらいなのだろうか。

わたしは亮平《りょうへい》くんに小声《こごえ》できいた。

「ねえ、ここ、だれの陣《じん》かわかる？」

「わからないよ。関ヶ原《せきがはら》の戦《たたか》いには、たくさんの武将《ぶしょう》が集《あつ》まっているから。」

「だよね。」

そして、ものの十分《ぷん》もしないうちに、足下《あしもと》がなだらかになった。

あとで調《しら》べてわかったところでは、この山《やま》の標高《ひょうこう》は二百メートル。

だけど比高《ひこう》と呼《よ》ばれる見《み》た目《め》の高《たか》さの差《さ》は三、四十メートルほどしかなかった。山《やま》というより丘《おか》だ。

老人《ろうじん》の武将《ぶしょう》の足《あし》が止《と》まった。

武将《ぶしょう》の前《まえ》で片《かた》ひざをついた兵《へい》がいった。

「これは、島左近《しまさこん》さま！　いかがなさいました。」

●香里《かおり》クイズ

Q《キュー》．島左近《しまさこん》という武将《ぶしょう》の諱《いみな》（本名《ほんみょう》）は？

A《エー》　島清興《しまきよおき》

B《ビー》　島清輿《しまきよこし》

C《シー》　島清與《しまきよとも》

わたしのすぐうしろにいる亮平《りょうへい》くんが「あっ。」と声《こえ》をもらし、小声《こごえ》でいった。

「そのおじいさん、島左近《しまさこん》だよ。諱《いみな》は清興《きよおき》。」

あとで調《しら》べたところ、島左近《しまさこん》さんの諱《いみな》、つまり本名《ほんみょう》は「勝猛《かつたけ》」と思《おも》われていたけど、それは俗説《ぞくせつ》で、ほんとうは「清興《きよおき》」らしい。

「知《し》らない。だれ、それ。」

わたしは、亮平《りょうへい》くんにきいた。

●香里《かおり》クイズ

Q《キュー》．石田三成《いしだみつなり》と島左近《しまさこん》を表現《ひょうげん》した歌《うた》があります。前半《ぜんはん》は「三成《みつなり》に　すぎたるものが　ふたつあり」です。では、その後半《こうはん》は？　ちなみに「三成《みつなり》にすぎたる」というのは、「三成《みつなり》にはもったいない」という意味《いみ》です。

A《エー》　島《しま》の左近《さこん》に　大坂《おおさか》の城《しろ》
B《ビー》　島《しま》の左近《さこん》に　坂本《さかもと》の城《しろ》
C《シー》　島《しま》の左近《さこん》に　佐和山《さわやま》の城《しろ》

「『三成《みつなり》に　すぎたるものが　ふたつあり　島《しま》の左近《さこん》に　佐和山《さわやま》の城《しろ》』って短歌《たんか》知《し》らない？」

「知《し》らない。」

亮平《りょうへい》くんのうしろにいる拓《た》っくんもいう。

「おれも知《し》らないよ。で、どういう意味《いみ》なんだよ、亮平《りょうへい》。」

「石田三成《いしだみつなり》の器《うつわ》の小《ちい》ささにくらべて、島左近《しまさこん》の優秀《ゆうしゅう》さと、居城《きょじょう》の佐和山《さわやま》の立派《りっぱ》さを詠《よ》んだものなんだよ。」

拓《た》っくんがきいてきた。

「島左近《しまさこん》って、そんなに優秀《ゆうしゅう》だったのか？」

「石田三成《いしだみつなり》が側近《そっきん》に迎《むか》えようと思《おも》って、自分《じぶん》の石高《こくだか》、つまり給料《きゅうりょう》の半分《はんぶん》を与《あた》えたっていわれてる。」

「へえ。」

わたしと拓《た》っくんは、そろって手《て》のひらで大《おお》きなボタンを押《お》すまねをした。いつかテレビでやっていた「トレビの泉《いずみ》」っていうムダな知識《ちしき》を紹介《しょうかい》する番組《ばんぐみ》を思《おも》い出《だ》していた。

そういえば、そのテレビ番組《ばんぐみ》だったと思《おも》うけど、たしか三成《みつなり》が豊臣秀吉《とよとみひでよし》と出会《であ》ったときの有名《ゆうめい》なエピソードが……。

わたしは亮平《りょうへい》くんにきいた。

「三成《みつなり》とお茶《ちゃ》のエピソード、知《し》ってる？」

「有名《ゆうめい》だよ。長浜城主《ながはまじょうしゅ》だった秀吉《ひでよし》が鷹狩《たかが》りの帰《かえ》り、ある寺《てら》に立《た》ち寄《よ》って『茶《ちゃ》を飲《の》みたい。』とたのんだ。その寺《てら》で働《はたら》く少年《しょうねん》が、はじめに大《おお》きな茶碗《ちゃわん》にぬるい茶《ちゃ》を出《だ》した。おかわりをたのむと、少《すこ》し小《ちい》さめの茶碗《ちゃわん》にやや熱《あつ》めの茶《ちゃ》を出《だ》した。またおかわりをたのむと小《ちい》さい茶碗《ちゃわん》に熱《あつ》い茶《ちゃ》を出《だ》した。その少年《しょうねん》は、相手《あいて》のようすを見《み》て、いちばん欲《ほ》しがる茶《ちゃ》を出《だ》したわけ。その才能《さいのう》を気《き》に入《い》った秀吉《ひでよし》が少年《しょうねん》を城《しろ》に連《つ》れ帰《かえ》り、仕《つか》えさせるようになった。」

「その少年《しょうねん》が石田三成《いしだみつなり》ね。」

「有名《ゆうめい》なエピソードだけど、どこまでほんとうかはわからない。でも石田三成《いしだみつなり》がすごく頭《あたま》のいい人《ひと》だってことじゃないかな？」

それを聞《き》いて拓《た》っくんもうなずく。

「頭《あたま》いいよ。おれなら三杯《ばい》とも冷《つめ》たいお茶《ちゃ》を出《だ》す。」

●香里《かおり》クイズ
Q《キュー》．石田三成《いしだみつなり》の陣《じん》がある山《やま》の名《な》は？
A《エー》　笹尾山《ささおやま》
B《ビー》　松尾山《まつおやま》
C《シー》　南宮山《なんぐうさん》

「つまり、ここは石田三成《いしだみつなり》の陣《じん》のある笹尾山《ささおやま》で、笹尾山《ささおやま》の麓《ふもと》に島左近《しまさこん》の陣《じん》があるんだよ。」

●香里《かおり》クイズ
Q《キュー》．石田三成《いしだみつなり》の家紋《かもん》は？
A《エー》　大一大百大吉《だいいちだいひゃくだいきち》
B《ビー》　大一大千大吉《だいいちだいせんだいきち》
C《シー》　大一大万大吉《だいいちだいまんだいきち》

あたりに漂《ただよ》っている霧《きり》のあいだから、笹尾山山頂《ささおやまさんちょう》の石田三成《いしだみつなり》の陣《じん》に立《た》つ幟《のぼり》、陣《じん》を囲《かこ》う幕《まく》に描《えが》かれた家紋《かもん》が見《み》えた。上《うえ》に「大一《だいいち》」、左下《ひだりした》に「大万《だいまん》」、右下《みぎした》に「大吉《だいきち》」と書《か》かれている。

亮平《りょうへい》くんがつぶやく。

「大一大万大吉《だいいちだいまんだいきち》。」

「どんな意味《いみ》？」

わたしがきくと、亮平《りょうへい》くんが教《おし》えてくれた。

「『ひとりが万民《ばんみん》のために、万民《ばんみん》がひとりのために尽《つ》くせば、世《よ》の中《なか》の人《ひと》たちはみな幸《しあわ》せになれる。』みたいな意味《いみ》だったと思《おも》う。」

左近《さこん》さんの前《まえ》で片《かた》ひざをついていた兵《へい》が立《た》ち上《あ》がり、案内《あんない》した。

「まいるぞ。」

左近《さこん》さんが歩《ある》きはじめてすぐ、目《め》の前《まえ》にひとりの武将《ぶしょう》が立《た》ちはだかった。

左近《さこん》さんが頭《あたま》を下《さ》げる。

「治部少《じぶのしょう》さま、失礼《しつれい》つかまつる。」

5　超《ちょう》A《エー》型《がた》？な三成《みつなり》さん

「治部少《じぶのしょう》？」

拓《た》っくんが首《くび》をかしげると、亮平《りょうへい》くんが小声《こごえ》でいった。

「この人《ひと》、石田三成《いしだみつなり》さんだよ。」

島左近《しまさこん》さんの前《まえ》に立《た》ちはだかった石田三成《いしだみつなり》さんは――。

四十歳《さい》くらい。色白《いろじろ》で丸顔《まるがお》。そこそこイケメンだけど、線《せん》が細《ほそ》いかんじ。口髭《くちひげ》は生《は》えてるけど、しょぼしょぼってかんじ。

金色《きんいろ》の大《おお》きな角《つの》のようなものが生《は》えた兜《かぶと》には、ドレッドヘアのような作《つく》りものの長《なが》い髪《かみ》の毛《け》がついている。しかも甲冑《かっちゅう》とおそろいのような金色《きんいろ》の陣羽織《じんばおり》をまとっている。どこか印象《いんしょう》の薄《うす》い人《ひと》だから、こんな迫力《はくりょく》のあるものを身《み》につけたいのかも。

わたしたち、あとで「官位《かんい》」について調《しら》べたので、いまのうちに、みんなに教《おし》えておくね。

「官位《かんい》」＝官職《かんしょく》と位階《いかい》のこと。

「官職《かんしょく》」＝上《うえ》から、太政大臣《だいじょうだいじん》、左大臣《さだいじん》、右大臣《うだいじん》、大納言《だいなごん》、中納言《ちゅうなごん》、少納言《しょうなごん》……とつづくの。

「位階《いかい》」＝上《うえ》から、正一位《しょういちい》、従一位《じゅいちい》、正二位《しょうにい》、従二位《じゅにい》、正三位《しょうさんみ》、従三位《じゅさんみ》……とつづくの。

従三位以上《じゅさんみいじょう》が、朝廷《ちょうてい》の公家《くげ》のなかでも、えらい部類《ぶるい》の公卿《くぎょう》に属《ぞく》するわけ。

●香里《かおり》クイズ

Q《キュー》．徳川家康《とくがわいえやす》の生前《せいぜん》の最高位階《さいこういかい》は？

A《エー》　正二位《しょうにい》

B《ビー》　従一位《じゅいちい》

C《シー》　正一位《しょういちい》

織田信長《おだのぶなが》の生前《せいぜん》の最高位《さいこうい》は正二位《しょうにい》。

豊臣秀吉《とよとみひでよし》の生前《せいぜん》の最高位《さいこうい》は従一位《じゅいちい》。

徳川家康《とくがわいえやす》の生前《せいぜん》の最高位《さいこうい》は従一位《じゅいちい》。

三人《にん》とも死後《しご》になって正一位《しょういちい》を贈《おく》られたみたい。

石田三成《いしだみつなり》さんの場合《ばあい》、官職《かんしょく》は治部少輔《じぶのしょうゆう》、官位《かんい》は従五位下《じゅごいげ》だから、朝廷内《ちょうていない》での地位《ちい》はあまり高《たか》くない。ちなみに「治部少《じぶのしょう》」というのは治部少輔《じぶのしょうゆう》の略《りゃく》。

話《はなし》をつづけるね。


三成《みつなり》さんが、わたし――遠山香里《とおやまかおり》――、亮平《りょうへい》くん、拓《た》っくん、そしてタイムの順《じゅん》に、じろりと見《み》てきた。

そして、つぶやく。

「この妙《みょう》な身《み》なりをした子供《こども》たちは、左近《さこん》の子《こ》か。」

陣《じん》のなかにいる、ほかの兵《へい》たちが少《すこ》しざわつく。

「ち、ちがいまする。」

左近《さこん》さんが心外《しんがい》そうな顔《かお》になり、首《くび》を横《よこ》に振《ふ》った。

「では、何者《なにもの》じゃ。もしや、徳川方《とくがわがた》の間者《かんじゃ》か。」

間者《かんじゃ》というのは、密偵《みってい》、またはスパイのことだ。

いうなり三成《みつなり》さんは、腰《こし》の刀《かたな》を抜《ぬ》いて、振《ふ》りかぶった。

「斬《き》る。」

ええっ！　いきなり!?

三杯《ばい》の茶《ちゃ》のエピソードから、とってもおだやかな人《ひと》だって勝手《かって》に想像《そうぞう》していたんだけど、ひょっとして三成《みつなり》さんって、怒《おこ》りっぽい人《ひと》なの!?

「ちょっ、ちょっと！　お待《ま》ちを！」

左近《さこん》さんが、あわてて割《わ》って入《はい》ると、回《まわ》れ右《みぎ》をした。

左近《さこん》さんは、わたしたちを見下《みお》ろして、きいてくる。

「おぬしらは徳川方《とくがわがた》の間者《かんじゃ》か。」

わたしたちは首《くび》を横《よこ》に振《ふ》った。

左近《さこん》さんは、また回《まわ》れ右《みぎ》をして三成《みつなり》さんにいった。

「徳川方《とくがわがた》の間者《かんじゃ》ではないそうです。」

わたしたちは、左近《さこん》さんの言葉《ことば》につづいて、うなずいた。

でもまだ三成《みつなり》さんは刀《かたな》を振《ふ》りあげたままだ。

左近《さこん》さんが、ため息《いき》をついていう。

「治部少《じぶのしょう》さま、考《かんが》えてもみてください。」

「なんだ。」

「あの徳川家康《とくがわいえやす》が子供《こども》なんぞを間者《かんじゃ》にすると思《おも》いますか。」

「うぬ。」

わたしのすぐうしろにいる亮平《りょうへい》くんの声《こえ》が聞《き》こえてきた。

「家康《いえやす》さん、なつかしいなあ。」

たしかに、わたしたちは、本能寺《ほんのうじ》の変直後《へんちょくご》の伊賀《いが》越えのとき（『徳川家康《とくがわいえやす》は名探《めいたん》偵《てい》!!』）、長篠《ながしの》の戦《たたか》いのとき（『織田信長《おだのぶなが》は名探偵《めいたんてい》!!』）、大坂《おおさか》の陣直前《じんちょくぜん》（『真田十勇士《さなだじゅうゆうし》は名探《めいたん》偵《てい》!!』）、徳川家康《とくがわいえやす》さんに会《あ》っている。

とくに亮平《りょうへい》くんは長篠《ながしの》の戦《たたか》いがはじまる直前《ちょくぜん》は、家康《いえやす》さんとふたりきりで過《す》ごしたこともある。

三成《みつなり》さんは、振《ふ》りあげた刀《かたな》をゆっくりおろした。と思《おも》うと、刀《かたな》の先《さき》をわたしたちのほうに向《む》けてきた。

「いま、なんと申《もう》した。」

ああ、聞《き》こえてたんだ。

「やはり徳川方《とくがわがた》の間者《かんじゃ》であろう！」

「ち、ちがいます！　いま亮平《りょうへい》くん、この大《おお》きな男《おとこ》の子《こ》ですけど、『家康《いえやす》さん、なつかしいなあ。』なんていってません。『家康《いえやす》さんってだれかなあ。』っていったんです！　そうよね、亮平《りょうへい》くん！」

「んだ、んだ！」

亮平《りょうへい》くんが、なんどもうなずいてから小声《こごえ》でいう。

「ひと言多《ことおお》いよ。」

わたしは、かまわずにつづけた。

「わたしは遠山香里《とおやまかおり》です！　いまいったこの大《おお》きな男《おとこ》の子《こ》が堀田亮平《ほったりょうへい》くんで、こっちが氷《ひ》室拓哉《むろたくや》くんです！」

「遠山《とおやま》……堀田《ほった》……氷室《ひむろ》……わが家臣団《かしんだん》ではなさそうだな。やはり徳川方《とくがわがた》の間者《かんじゃ》！」

三成《みつなり》さんが、また刀《かたな》を振《ふ》りあげる。

「だから、ちがいますってば！」

「どこまでもちがうと申《もう》すか。」

「はい。」

「ならば。」

三成《みつなり》さんが、また刀《かたな》の先《さき》をわたしたちのほうに向《む》けてきた。さらに、わたしの顔《かお》をのぞきこむ。

「証拠《しょうこ》を見《み》せえ。」

「証拠《しょうこ》!?」

「そんなっ。」

わたしたちが東軍《とうぐん》の間者《かんじゃ》ではない、つまり徳川家康《とくがわいえやす》さんのスパイではないことを証明《しょうめい》するのは無理《むり》。

「そうじゃ。」

三成《みつなり》さんが、にやりと笑《わら》った。

「この三人《にん》を徳川家康《とくがわいえやす》の陣《じん》に連《つ》れていけばいい。そして家康《いえやす》がこの三人《にん》を知《し》っていることがわかれば、徳川方《とくがわがた》の間者《かんじゃ》ということになる。」

まずい。

わたしたちは、これまで家康《いえやす》さんに三回会《かいあ》ってる。

でも歴史《れきし》の流《なが》れ上《じょう》では、大坂《おおさか》の陣《じん》はまだだから、長篠《ながしの》の戦《たたか》いのとき、伊賀越《いがご》えのときの二回会《かいあ》ってる。

伊賀越《いがご》えは一五八二年《ねん》だから、いまから十八年前《ねんまえ》。もし万《まん》が一《いち》、家康《いえやす》さんがわたしたちのことを覚《おぼ》えてて、「よお！」なんて声《こえ》をかけてきたら。

三成《みつなり》さんが薄《うす》く笑《わら》う。

「家康《いえやす》の前《まえ》に連《つ》れていかれたら困《こま》るのか？　ん？」

困《こま》ります、はい。

「よし、左近《さこん》。この三人《にん》を家康《いえやす》の陣《じん》に連《つ》れていけ。」

「は？」

左近《さこん》さんが口《くち》をぽかんと開《あ》ける。

「どうなさるおつもりで？」

「家康《いえやす》に面通《めんとお》しさせるのだ。」

「治部少《じぶのしょう》さま、お忘《わす》れですか。いま、われわれは、その家康《いえやす》を総大将《そうだいしょう》とする徳川方《とくがわがた》と戦《いくさ》をはじめようとしているところですぞ。」

「うっ。」

「そんなに、すんなり家康《いえやす》に会《あ》えるはずもございません。そもそも、敵同士《てきどうし》なのですぞ。」

「ううっ。」

「だいいち、いつ戦《いくさ》がはじまるやもしれないのですぞ。」

「うううっ。」

三成《みつなり》さんは、がっくりと肩《かた》を落《お》とした。

「そうであったな。なら、どうすればよい。」

「は？」

「だから、この者《もの》たちをじゃ。」

「うーむ。」

左近《さこん》さんが困《こま》り果《は》てた顔《かお》をしている。

わたしは背中《せなか》を突《つ》っつかれた。

振《ふ》り向《む》くと、亮平《りょうへい》くんがにっこり笑《わら》っている。

わたしは小声《こごえ》できいた。

「なに？」

「ここで斬《き》られちゃまずいよね。」

「そりゃそうよ。」

「かといって、家康《いえやす》さんの前《まえ》に連《つ》れていかれても、知《し》り合《あ》いだってバレて斬《き》られちゃうかもしれないんだよね。」

「そう、ね。」

拓《た》っくんが割《わ》りこんできた。

「だったらさ、逆《ぎゃく》に、三成《みつなり》さんが得《とく》するような情報《じょうほう》をあげるっていうのは？」

「たとえば？」

「具体的《ぐたいてき》にはわからないけどさ。」

●香里《かおり》クイズ
Q《キュー》．関《せき》ヶ《が》原《はら》の戦《たたか》いで、その人《ひと》の動《うご》きが勝敗《しょうはい》を分《わ》けたとされるのは？
A《エー》　宇喜多秀家《うきたひでいえ》
B《ビー》　小早川秀秋《こばやかわひであき》
C《シー》　大谷吉継《おおたによしつぐ》（刑部《ぎょうぶ》）

「そうだ、あの人《ひと》がいる。」

亮平《りょうへい》くんが手《て》をたたく。

「あの人《ひと》って？」

わたしがきくと、亮平《りょうへい》くんが小声《こごえ》でいった。

「ほら、土壇場《どたんば》になって西軍《せいぐん》を裏切《うらぎ》って、東軍《とうぐん》に味方《みかた》した。」

わたしはその人物《じんぶつ》の名前《なまえ》を思《おも》い出《だ》した。

「小早川秀秋《こばやかわひであき》！」

「そう、小早川秀秋《こばやかわひであき》！」

●香里《かおり》クイズ
Q《キュー》．豊臣秀吉《とよとみひでよし》の正室《せいしつ》の名《な》は？
A《エー》　なな
B《ビー》　ねね
C《シー》　のの

「名前《なまえ》だけは知《し》ってるけど、どんな人《ひと》だっけ？」

わたしが首《くび》をひねっていると、亮平《りょうへい》くんが教《おし》えてくれた。

「もとは、豊臣秀吉《とよとみひでよし》の正室《せいしつ》ねねさんの甥《おい》なんだ。」

「へえ。」

「つまり秀吉《ひでよし》の義理《ぎり》の甥《おい》。幼《おさな》いころから豊臣家《とよとみけ》で育《そだ》てられて、毛利元就《もうりもとなり》の三男《なん》の小早川隆景《こばやかわたかかげ》の養子《ようし》になったんだ。」

「へえ、そうなんだ。——つまり、ばりばりの豊臣一族《とよとみいちぞく》ってことよね。豊臣政権《とよとみせいけん》の存続《そんぞく》を願《ねが》っている西軍《せいぐん》からすれば、ぜったい裏切《うらぎ》らないはずの人物《じんぶつ》よね。でも、その小早川秀秋《こばやかわひであき》をどうするつもりなの？」

「西軍《せいぐん》を裏切《うらぎ》ることになる、って教《おし》えるとか。」

わたしは、あわてて首《くび》を横《よこ》に振《ふ》った。

「それって、歴史《れきし》を変《か》えることにならない？　タイムスリップをくりかえしてきたわたしたちが、ずっと気《き》をつけてきたことよ。そのせいで小《ちい》さな歪《ひず》みが積《つ》もり積《つ》もって時界《じかい》の壁《かべ》に大《おお》きな穴《あな》をあけてしまったんじゃない？」

「でもさ。」

拓《た》っくんだ。

「石田三成《いしだみつなり》に味方《みかた》しないと、おれたち、ここで斬《き》られちゃうよ。」

「そうかもしれないけど。」

背後《はいご》からいやな視線《しせん》を浴《あ》びていると思《おも》ったわたしは、肩《かた》ごしに振《ふ》り向《む》いた。

「わっ！」

すぐ目《め》の前《まえ》に、能面《のうめん》のような、三成《みつなり》さんの白《しろ》い顔《かお》があった。

「小早川秀秋《こばやかわひであき》がなんだって？」

わたしは、あわてた。

「な、なんでもないです。」

「なにゆえ、そなたたちの口《くち》から小早川秀秋《こばやかわひであき》の名《な》が出《で》るのだ。」

「それは……。」

「やはり徳川方《とくがわがた》の間者《かんじゃ》なのか。」

三成《みつなり》さんが刀《かたな》を振《ふ》りあげる。

「ち、ちがいますってば！」

「ならば、なんだ！」

三成《みつなり》さんが刀《かたな》を振《ふ》りおろす。

「香里《かおり》ちゃん！」

拓《た》っくんと亮平《りょうへい》くんがさけぶ。

三成《みつなり》さんの振《ふ》りおろした刀《かたな》は、わたしの首《くび》のすぐ左横《ひだりよこ》で止《と》まった。

「ひっ！」

わたしは思《おも》わずさけんでいた。

「ヒャン！」

タイムののども鳴《な》る。

「い、い、いいます！　えっと、こ、小早川秀秋《こばやかわひであき》さんは、ゆ、優柔不断《ゆうじゅうふだん》みたいだから、う、裏切《うらぎ》るかもしれません！」

ああ、いっちゃった！

こんな歴史《れきし》を変《か》えるかもしれないことをいったら、タイムパトロールに捕《つか》まっちゃうかもしれない。

三成《みつなり》さんが固《かた》まった。まるで石《いし》になってしまったみたいに。

左近《さこん》さんが、三成《みつなり》さんの背後《はいご》に回《まわ》りこんだ。刀《かたな》をにぎったままの三成《みつなり》さんの右手《みぎて》をうし

ろからつかんで、ゆっくり動《うご》かす。

わたしの首《くび》の左横《ひだりよこ》に迫《せま》っていた刀《かたな》が離《はな》れていく。

わたしは、へなへなと腰《こし》が抜《ぬ》けそうになった。

「香里《かおり》ちゃん！」

拓《た》っくんと亮平《りょうへい》くんが左右《さゆう》から支《ささ》えてくれて、なんとか立《た》っていられた。

石《いし》みたいに固《かた》まっていた三成《みつなり》さんの頬《ほお》がぴくぴくと動《うご》いた。

次《つぎ》に口《くち》がぴくぴくと動《うご》く。

「そ、そ、それは、ま、誠《まこと》か。」

「は、はい。」

わたしは、うなずいた。

三成《みつなり》さんをちょっとおどろかせすぎたかな……。

いまは戦直前《いくさちょくぜん》でテンパってて、ちょっと怖《こわ》いところもあるけど、やっぱりお茶《ちゃ》のエピソードが語《かた》るようにまじめな人《ひと》で、ほんとうはもっと臆病《おくびょう》で、気《き》が弱《よわ》い人《ひと》なのかもしれないと思《おも》った。

●香里《かおり》クイズ

Q《キュー》・関ヶ原《せきがはら》の戦《たたか》いでの石田三成隊《いしだみつなりたい》の兵数《へいすう》は六千九百とされています。では小早川秀秋隊《こばやかわひであきたい》の兵数《へいすう》はおよそいくつ？

A《エー》　五千
B《ビー》　一万《まん》
C《シー》　一万《まん》五千

三成《みつなり》さんがつぶやく。

「小早川秀秋《こばやかわひであき》だけで一万《まん》五千の兵《へい》を抱《かか》えているのだ。宇喜多秀家隊《うきたひでいえたい》の一万《まん》七千に次《つ》いで多《おお》い。わが石田隊《いしだたい》の二倍以上《ばいいじょう》だぞ。」

さらに三成《みつなり》さんがわたしにきく。

「な、なにゆえ小早川秀秋《こばやかわひであき》のこれから先《さき》の動《うご》きを知《し》っておる。」

わたしの二《に》の腕《うで》あたりをつかんでいる拓《た》っくんと亮平《りょうへい》くんの手《て》がぴくりと動《うご》いた。ふたりも、どきりとしたのだ。手《て》を通《とお》して、拓《た》っくんと亮平《りょうへい》くんの緊張《きんちょう》が伝《つた》わってくる。

これまで、わたしたちは、歴史上《れきしじょう》の人物《じんぶつ》たちにたいして、「未来《みらい》から来《き》ました。」と打《う》ち明《あ》けることが多《おお》かった。たいていの人《ひと》たちは度量《どりょう》が大《おお》きくて、受《う》けいれてくれ、その時代《じだい》時代《じだい》の着《き》るものを用意《ようい》してくれた。

でも、いま目《め》の前《まえ》にいる三成《みつなり》さんは度量《どりょう》が大《おお》きいようには見《み》えない。

「未来《みらい》から来《き》ました。」といおうものなら、刀《かたな》の先《さき》を向《む》けて、戦《いくさ》の結果《けっか》をいえと脅《おど》されそうな気《き》がした。そして戦《いくさ》に勝《か》つために、なんでもしそうな気《き》が。

「な、なぜ知《し》っておる。」

三成《みつなり》さんが、もういちどきいてくる。

「な、なんとなく。」

そういって逃《に》げるしかなかった。

「ならば……。」

三成《みつなり》さんがなにかいいかけたときだった。

「クゥ〜ン。」

タイムが小《ちい》さく鳴《な》いた。

遠《とお》くでさけび声《ごえ》がし、刀《かたな》がぶつかりあう金属音《きんぞくおん》がし、さらに悲鳴《ひめい》が聞《き》こえてきた。

陣内《じんない》がざわついた。三成《みつなり》さんがすっくと背《せ》を伸《の》ばし、遠《とお》くを見《み》る。

「はじまったか。」

関ヶ原《せきがはら》の戦《たたか》いがはじまってしまったのだ。

亮平《りょうへい》くんが小声《こごえ》でいった。

「ってことは、いま午前《ごぜん》八時《じ》くらいだね。」

●香里《かおり》クイズ
Q《キュー》.関ヶ原《せきがはら》の戦《たたか》いで東軍《とうぐん》のなかでいちばんはじめに戦《いくさ》をしかけ、「抜《ぬ》け駆《が》け」といわれることになったことで知《し》られる武将《ぶしょう》は？
A《エー》　井伊直政《いいなおまさ》
B《ビー》　本多忠勝《ほんだただかつ》
C《シー》　榊原康政《さかきばらやすまさ》

そこへ伝令《でんれい》が走《はし》りこんできて、報告《ほうこく》してきた。

「徳川方《とくがわがた》の井伊直政隊《いいなおまさたい》が抜《ぬ》け駆《が》け！」

さらに別《べつ》の伝令《でんれい》が走《はし》りこんできた。

「ただいま、徳川方《とくがわがた》の福島正則隊《ふくしままさのりたい》、わが軍《ぐん》の宇喜多秀家隊《うきたひでいえたい》が、ばったり出《で》くわし、衝突《しょうとつ》した模様《もよう》！」

三成《みつなり》さんが、いらついた顔《かお》でいう。

「なにゆえ、きっちりと戦《いくさ》がはじまらんのだ！　抜《ぬ》け駆《が》けだと！　ばったり出《で》くわしただと！　そんな、いい加減《かげん》な戦《いくさ》でどうする！　やりなおせ！　戦《いくさ》をやりなおせ！　戦列《せんれつ》を整《ととの》えなおし、法螺貝《ほらがい》を吹《ふ》き鳴《な》らし、はじめるのだ！　そうしなければならんのだ！」

ええっ！　三成《みつなり》さんの血液型《けつえきがた》って、もしかして超《ちょう》A型《エーがた》？

伝令《でんれい》ふたりが困《こま》り果《は》てていると、左近《さこん》さんがいった。

「治部少《じぶのしょう》さま、さすがにそれはむずかしいかと。」

「ふん、そうか。——伝令《でんれい》、もどってよいぞ。」

伝令《でんれい》ふたりが一礼《いちれい》し、そそくさと山《やま》を下《お》りていく。

三成《みつなり》さんは納得《なっとく》いかないという顔《かお》で、だれにともなくいった。

「ああ、こんな戦《いくさ》のはじまり方《かた》、じつに気持《きも》ち悪《わる》い！」

「まあまあ。」

そういってなだめる左近《さこん》さんに、三成《みつなり》さんがいった。

「左近《さこん》も、己《おのれ》の陣《じん》にもどれ！」

「はっ！　――ですが、この者《もの》たちは？」

左近《さこん》さんが、わたしたちのほうを見《み》る。

●香里《かおり》クイズ
Q《キュー》．小早川秀秋《こばやかわひであき》が陣《じん》を置《お》いたのはどこ？
A《エー》　南宮山《なんぐうさん》
B《ビー》　天満山《てんまやま》
C《シー》　松尾山《まつおやま》

「この者《もの》たちには、小早川秀秋《こばやかわひであき》のもとへ行《い》かせる。」

「なにゆえ?」

三成《みつなり》さんは左近《さこん》さんの言葉《ことば》には反応《はんのう》せず、正面《しょうめん》を見《み》ながら、いった。

さきほどまでの霧《きり》は、だいぶ薄《うす》くなってきている。

「いま、正面《しょうめん》で戦《いくさ》がはじまっておる。その向《む》こうに、ここより高《たか》い山《やま》が見《み》えるだろう。松《まつ》尾山《おやま》だ。あの山《やま》の頂上《ちょうじょう》が小早川秀秋《こばやかわひであき》の陣《じん》だ。これより松尾山《まつおやま》に行《い》き、秀秋《ひであき》を連《つ》れてまいれ。」

「え……。」

わたしたちがぽかんと口《くち》を開《あ》けていると、三成《みつなり》さんが薄《うす》く笑《わら》った。

「おまえたちが『小早川秀秋《こばやかわひであき》が裏切《うらぎ》る。』と申《もう》したのだ。ならば、おまえたちが秀秋《ひであき》を連《つ》れてこい。わしがあらためて説得《せっとく》する。ただ、正面《しょうめん》は戦場《せんじょう》だ。松尾山《まつおやま》へは迂回《うかい》して行《い》け。」

「………。」

わたしたちがだまっていると、三成《みつなり》さんが松尾山《まつおやま》のほうに顔《かお》を向《む》けたまま、いらだった声《こえ》を出《だ》した。

「さっさと行《い》け！　わしの命令《めいれい》はぜったいだ。」

左近《さこん》さんが前《まえ》に進《すす》み出《で》た。

「治部少《じぶのしょう》さま！」

「なんじゃ。」

三成《みつなり》さんが背中《せなか》を向《む》けたまま対応《たいおう》する。

「三人《にん》とも行《い》かせるつもりで？」

「いかにも。わしの陣《じん》に子供《こども》が三人《にん》、犬《いぬ》が一匹《ぴき》いることが、わしには理解《りかい》できぬ。いや、ゆるせぬ。わしの絵図面《えずめん》にはないこと。それがゆるせぬのじゃ。」

「三人《にん》とも逃《に》げるやもしれませぬぞ。」

「あっ。」

三成《みつなり》さんが振《ふ》り向《む》いた。口《くち》をぽかんと開《あ》けている。そして目《め》をしばしばさせた。

「人質《ひとじち》です。人質《ひとじち》をとるのです。」

三成《みつなり》さんがうなずいた。

「さすが左近《さこん》だな。」

「戦《いくさ》には慣《な》れておりますゆえ。」

「ふっ。まるで、わしが戦慣《いくさな》れしておらぬような物言《ものい》い。」

「めっそうも。」

「ふふっ。たしかにな。ここよりも……。」

三成《みつなり》さんが右手《みぎて》で、左《ひだり》の二《に》の腕《うで》あたりをたたいてから、右《みぎ》の人差《ひとさ》し指《ゆび》でこめかみあたりを指《ゆび》さした。

「……こっちを使《つか》うほうだったからな。」

そして、三成《みつなり》さんは首《くび》をかしげて、左近《さこん》さんにきいた。

「で、だれを？」

こんどは左近《さこん》さんがいらっとした顔《かお》でいう。

「人質《ひとじち》にするなら女子《おなご》がよろしかろうと。」

タイムがわたしの足《あし》にしがみついてきた。

6　戦場《せんじょう》を駆《か》け抜《ぬ》けろ！

拓哉《たくや》が声《こえ》をかけてくる。

「亮平《りょうへい》、急《いそ》げ。」

「わかってるよ。」

ぼく——堀田亮平《ほったりょうへい》——は、拓哉《たくや》の前《まえ》を、腰《こし》をかがめた姿勢《しせい》で、関ヶ原《せきがはら》の戦場《せんじょう》を走《はし》っている。

ザッ、ザッ、ザッ。

足下《あしもと》の雑草《ざっそう》が音《おと》をたてる。

「ほら、亮平《りょうへい》。」

また拓哉《たくや》が急《せ》かしてくる。

足下《あしもと》には雑草《ざっそう》が生《お》い茂《しげ》っている。半《はん》ズボンだから、足《あし》がチクチクする。

石田三成《いしだみつなり》さんの陣《じん》がある笹尾山《ささおやま》と、小早川秀秋《こばやかわひであき》さんの陣《じん》がある松尾山《まつおやま》は直線距離《ちょくせんきょり》だと二キロ少《すこ》し、長《なが》くても三キロくらいのはず。だから、ゆっくり歩《ある》いても一時間《じかん》はかからないはず。

でもいまは戦《いくさ》の真《ま》っただなかだから、まっすぐ歩《ある》けない。

だから戦場《せんじょう》の西端《せいたん》の山《やま》の麓《ふもと》に沿《そ》って、ぐるりと迂回《うかい》しなければならない。

ズキュン！

「ひっ！」

ぼくは頭《あたま》を抱《かか》えて、しゃがんだ。

うしろから走《はし》っていた拓哉《たくや》に注意《ちゅうい》された。

「いまの銃声《じゅうせい》は遠《とお》い。いちいちビビるなよ。」

「わかってるよ。」

「これじゃ、いつまでたっても着《つ》かないぞ。」

「わかってるって。」

ズキュン！

「ひっ！」

ぼくはまた頭《あたま》を抱《かか》えて、しゃがんだ。

「おい！」

「すまん、すまん。」

「まだ霧《きり》が晴《は》れきっていないうちに松尾山《まつおやま》に着《つ》かないと！　この霧《きり》が晴《は》れたら、おれたちの姿《すがた》が丸見《まるみ》えになっちゃうんだぜ！」

「わかってる、わかってる。」

「ほら！」

ぼくは、拓哉《たくや》にせっつかれながら、山《やま》の麓《ふもと》を南《みなみ》に向《む》かって走《はし》った。

と――。

目《め》の前《まえ》に、いきなり血《ち》まみれの兵《へい》が倒《たお》れてきた。

「ひっ！」

ぼくは、あとずさったまま、尻《しり》もちをついて倒《たお》れた。

「おい、亮平《りょうへい》、立《た》て！」

ぼくの右手《みぎて》を拓哉《たくや》が引《ひ》っぱる。

遠《とお》くから、近《ちか》くから、大筒《おおづつ》（大砲《たいほう》）の音《おと》、銃声《じゅうせい》、刀《かたな》がぶつかる音《おと》、さけび声《ごえ》、悲鳴《ひめい》……

いろんな音《おと》が聞《き》こえてくる。

ぼくは、よろよろと立《た》ち上《あ》がった。

「行《い》くぞ！」

拓哉《たくや》がぼくの手《て》をにぎったまま、走《はし》りはじめた。

霧《きり》がだんだん晴《は》れてくるにしたがって、戦《いくさ》をする兵《へい》たちの姿《すがた》が、よく見《み》えるようになってきた。

拓哉《たくや》もぼくも、できるだけ腰《こし》をかがめ、草木《くさき》に隠《かく》れながら走《はし》らなければならなかった。

目《め》の前《まえ》に武将《ぶしょう》や兵《へい》がいたら、隠《かく》れ、行《ゆ》きすぎるのを待《ま》った。

なんどか隠《かく》れたあとだった。

霧《きり》が晴《は》れはじめている。

太陽《たいよう》がのぞきはじめている。

もう朝《あさ》といえる時間《じかん》ではない。

体内時計《たいないどけい》の勘《かん》でいうと、午前《ごぜん》九時《じ》か十時《じ》くらい？

「グゥ～。」

お腹《なか》が鳴《な》った。

「おい、腹《はら》を鳴《な》らすなよ。」

拓哉《たくや》に叱《しか》られた。

「だってさあ、まだ朝《あさ》ごはん食《た》べてない。——あっ、ちがうか。二十一世紀《せいき》で給食《きゅうしょく》食《た》べた
まんまじゃん。」

拓哉《たくや》とぼくの背後《はいご》で声《こえ》がした。

——「おい！　妙《みょう》な身《み》なりの子《こ》がいるぞ！」

拓哉《たくや》があわてた声《こえ》でいう。

「亮平《りょうへい》、走《はし》れ！　急《いそ》げ！」

拓哉《たくや》とぼくは全速力《ぜんそくりょく》で駆《か》けた。

うしろを振《ふ》り返《かえ》る余裕《よゆう》はなかった。

気《き》がついたときには林《はやし》のなかに入《はい》りこんでいた。

追《お》っ手《て》がいなくなっていた。

ぼくは、あたりを見《み》まわし、ひと息《いき》ついてから拓哉《たくや》にいった。

「拓哉《たくや》。たぶん、ここが松尾山《まつおやま》だ。」

「マジか。」

「マジ。まちがいない。」

「よし、のぼろう。」

林《はやし》のなかを見《み》まわした拓哉《たくや》が、獣道《けものみち》のような細《ほそ》い山道《やまみち》を見《み》つけて、歩《ある》きだした。

地面《じめん》に倒《たお》れている灌木《かんぼく》をよけ、雑草《ざっそう》を踏《ふ》みつけ、クマザサを分《わ》けながら、細《ほそ》い山道《やまみち》をのぼっていく。

ザッ、ザザッ、ザザッ。

半《はん》ズボンだから足《あし》にクマザサがあたるけど、いまは、それどころじゃない。

「拓哉《たくや》、麓《ふもと》にも兵《へい》がいるかもしれないからな。」

「ああ、わかった。で、この松尾山《まつおやま》って、標高《ひょうこう》どれくらいなんだ。」

「だいたい三百メートルくらいじゃないか？　比高《ひこう》は、たぶん二百メートルくらいかな。」

「だとすると、のぼりは、三、四十分《ぷん》くらいだな。」

「おれなら一時間《じかん》かかる。」

「もっとがんばれ。」

「おれなりにがんばってるんだよ。がんばってる者《もの》にがんばれっていうな。」

「はいはい。」

拓哉《たくや》とぼくは山道《やまみち》をのぼりつづけた。

拓哉《たくや》は、ぼくの前《まえ》をすいすいとのぼっていく。

「おい、ちょっと待《ま》てよ。」

「待《ま》たない。これも校内駅伝大会《こうないえきでんたいかい》のための走《はし》る練習《れんしゅう》だと思《おも》えよ。」

「ああ、いやなことを思《おも》い出《だ》した。」

「おっ。しゃがめ！」

山道《やまみち》の途中《とちゅう》で、拓哉《たくや》がいった。

あわてて、ぼくもしゃがんだ。

麓《ふもと》に、十代《だい》くらいの若《わか》い兵《へい》がいて、ゆっくりと歩《ある》きまわっている。
鎧《よろい》だけで、頭《あたま》には鉢巻《はちま》きを巻《ま》いているだけの、身分《みぶん》の低《ひく》い兵《へい》のようだった。
西軍《せいぐん》の秀秋《ひであき》さんの兵《へい》なのか、東軍《とうぐん》の兵《へい》なのかわからない。
拓哉《たくや》もぼくもしゃがんだまま、息《いき》をひそめていた。
あの兵《へい》が離《はな》れていったら、また山道《やまみち》をのぼることができる。
でも兵《へい》は離《はな》れるどころか、わきの斜面《しゃめん》をのぼってくる。
ぼくは、息《いき》をひそめたまま下《した》を向《む》いていた。足下《あしもと》の地面《じめん》が見《み》える。
その足下《あしもと》に、なにかが見《み》えた。
視界《しかい》の右《みぎ》から左《ひだり》にゆっくりと蛇《へび》がはっていく。
ひっ！
ぼくは、思《おも》わず立《た》ち上《あ》がった。
クマザサの音《おと》がしたと同時《どうじ》に、兵《へい》が振《ふ》り向《む》いた。
若《わか》い兵《へい》のほうもおどろいている。
いちど躊躇《ちゅうちょ》してから、刀《かたな》を抜《ぬ》いて、斬《き》りかかってきた。

「わっ！」

でも横合《よこあ》いから、なにかが飛《と》んできた。

ぼくに斬《き》りかかってきたはずの兵《へい》の姿《すがた》が消《き》えた。

拓哉《たくや》が飛《と》びかかったのだ。

斜面《しゃめん》を見下《みお》ろすと、兵《へい》がうつぶせに倒《たお》れて、すぐそばに拓哉《たくや》が転《ころ》がっていた。

「えい！」

ぼくは飛《と》ぶと、鎧《よろい》を着《き》た兵《へい》の背中《せなか》に尻《しり》から落《お》ちた。

若《わか》い兵《へい》がヘンな声《こえ》をあげて、そのまま失神《しっしん》した。

「やったな。亮平《りょうへい》。」

「さすがだよ、拓哉《たくや》。」

立《た》ち上《あ》がった拓哉《たくや》とぼくはハイタッチした。

「亮平《りょうへい》、急《いそ》ごうぜ。」

「そうだね。」

拓哉《たくや》とぼくは、また山道《やまみち》をのぼりはじめた。

ある程度《ていど》までのぼったところで、傾斜《けいしゃ》がなだらかになり、平坦《へいたん》になったと思《おも》ったら、こんどは下《くだ》り坂《ざか》になり、やがて、また上《のぼ》り坂《ざか》になる。

「はぁ〜。」

ぼくは息《いき》が切《き》れて、立《た》ち止《ど》まった。腰《こし》を折《お》り、両《りょう》ひざに手《て》を置《お》く。

振《ふ》り向《む》いた拓哉《たくや》がまっすぐに見《み》てくる。

「亮平《りょうへい》、がんばれ。」

「がんばってるよ。がんばってる。」

「もう少《すこ》しだけ、がんばれ。」

「Ｏ《オー》お〜Ｋ《ケー》ぇ〜。」

ぼくたちは、のぼったりおりたりをくりかえした。

ゆうに一時間《じかん》はたったはずだ。

時間帯《じかんたい》は午前《ごぜん》十一時《じ》くらいだろうか。

見上《みあ》げた空《そら》のかんじ、木々《きぎ》のあいだから見《み》える遠《とお》くの景色《けしき》のかんじから、そろそろ頂上《ちょうじょう》近《ちか》くかなと思《おも》いはじめたときだった。

――「止《と》まれ！」

足下《あしもと》から声《こえ》が聞《き》こえてきたかと思《おも》うと、拓哉《たくや》とぼくの周囲《しゅうい》、三百六十度《ど》に、兵《へい》が十人《にん》くらい立《た》っていた。足下《あしもと》の深《ふか》い草《くさ》むらに隠《かく》れていたらしい。

「『ランボー』かよ。」

映画好《えいがず》きな拓哉《たくや》がつぶやく。「ランボー」シリーズのどの作品《さくひん》か忘《わす》れたけど、主役《しゅやく》を演《えん》じるシルヴェスター・スタローンがゲリラ戦《せん》のさなか、地面《じめん》の下《した》に隠《かく》れていて、いきなり姿《すがた》をあらわすシーンがあったからだ。

なかのひとりがきいてきた。

「何者《なにもの》だ。」

拓哉《たくや》がぼくの顔《かお》を見《み》てくる。具体的《ぐたいてき》なことをきかれたら困《こま》るからだろう。

ぼくは口《くち》を開《ひら》いた。

「ぼ、ぼくたちは、さ、笹尾山《ささおやま》から来《き》ました。い、石田《いしだ》、み、三成《みつなり》さまの、伝令《でんれい》です。こ、小早川秀秋《こばやかわひであき》さまへの伝言《でんごん》があります！」

「なんだと？」

なかのひとりが、拓哉《たくや》とぼくをにらみつけてから、刀《かたな》を抜《ぬ》いた。刀《かたな》の先《さき》を向《む》けてくる。

「ひっ。」

拓哉《たくや》とぼくののどが同時《どうじ》に鳴《な》った。

——「やめろ。」

声《こえ》の主《ぬし》が姿《すがた》をあらわした。

●香里《かおり》クイズ

Q《キュー》．小早川秀秋《こばやかわひであき》の通称《つうしょう》は？

A《エー》 銅吾少納言《どうごしょうなごん》

B《ビー》 金吾中納言《きんごちゅうなごん》

C《シー》 銀吾大納言《ぎんごだいなごん》

赤黒《あかぐろ》いかんじの鎧《よろい》、金色《きんいろ》の真《ま》ん中《なか》が少《すこ》しくびれた板《いた》のようなものがうしろに立《た》った兜《かぶと》、その兜《かぶと》の前《まえ》には幅広《はばひろ》の剣《けん》のようなものがついている。しかも赤《あか》い陣羽織《じんばおり》を着《き》ている。

甲冑《かっちゅう》も陣羽織《じんばおり》も立派《りっぱ》だけど、本人《ほんにん》は二十歳前《はたちまえ》くらいで若《わか》く、気弱《きよわ》そうな顔立《かおだ》ちをしている。

拓哉《たくや》とぼくに刀《かたな》の先《さき》を向《む》けていた兵《へい》が頭《あたま》を下《さ》げる。

「金吾中納言《きんごちゅうなごん》さま。」

ぼくは、拓哉《たくや》に小声《こごえ》で教《おし》えた。

「小早川秀秋《こばやかわひであき》だ。」

あとで「金吾中納言《きんごちゅうなごん》」について調《しら》べたところでは――官職名《かんしょくめい》の左衛門督《さえもんのかみ》の唐名《からな》が「金《きん》吾《ご》」で、朝廷《ちょうてい》での官職《かんしょく》は「中納言《ちゅうなごん》」、位階《いかい》は「従三位《じゅさんみ》」だった。

中納言《ちゅうなごん》は、二十一世紀《せいき》でいうと事務次官《じむじかん》くらい。官僚《かんりょう》のトップだ。

秀秋《ひであき》さんが、拓哉《たくや》とぼくに声《こえ》をかけてきた。

「妙《みょう》な身《み》なりだな。でも、それはいい。わが叔父《おじ》も、いつも妙《みょう》な身《み》なりをしていたからね。」

正《ただ》しくは義理《ぎり》の叔父《おじ》。豊臣秀吉《とよとみひでよし》のことだ。

さらに秀秋《ひであき》さんがいう。

「みなの者《もの》、離《はな》れていよ。――そこのふたり。わしについてまいれ。」

堂々《どうどう》とした口《くち》ぶりだ。

秀秋《ひであき》さんに手招《てまね》きされるまま、拓哉《たくや》とぼくはうしろからついていった。

秀秋《ひであき》さんは陣《じん》のすみのほうに、拓哉《たくや》とぼくを案内《あんない》してくれた。

「治部少《じぶのしょう》の伝言《でんごん》だって？　いったい、なんだ？」

秀秋《ひであき》さんが「治部少《じぶのしょう》」と呼《よ》び捨《す》てにしたのは、三成《みつなり》さんの官位《かんい》が従五位下《じゅごいげ》。秀秋《ひであき》さんの官位《かんい》が従三位《じゅさんみ》だから。もちろん従三位《じゅさんみ》のほうが上《うえ》。

ぼくは秀秋《ひであき》さんにいった。

「三成《みつなり》さんの陣《じん》がある笹尾山《ささおやま》に来《き》てほしいとのことです。」

「笹尾山《ささおやま》に？　なにゆえだ。」

「小早川秀秋《こばやかわひであき》さんが豊臣方《とよとみがた》に味方《みかた》するという確約《かくやく》が欲《ほ》しいからだと思《おも》います。」

「なに!?　わしは、はなからそのつもりだ。」

いま、目《め》の前《まえ》にいる秀秋《ひであき》さんは、ぼくたちがドラマなんかで知《し》っている、ちょっと弱々《よわよわ》しくて優柔不断《ゆうじゅうふだん》な小早川秀秋《こばやかわひであき》には見《み》えなかった。豊臣方《とよとみがた》（西軍《せいぐん》）と徳川方《とくがわがた》（東軍《とうぐん》）の双方《そうほう》から誘《さそ》われて、困《こま》り果《は》てているかんじがしないのだ。

ぼくは、拓哉《たくや》に小声《こごえ》でいった。

「ちょっと格好《かっこう》いい人《ひと》だな。ひょっとして、夏目《なつめ》くんがいっていた大《おお》きな穴《あな》って、この小《こ》早川秀秋《ばやかわひであき》さんのキャラが変《か》わったことじゃないか？」

「そうかも」

ぼくと拓哉《たくや》にかまわず、秀秋《ひであき》さんがつづける。

「わしは、ただ徳川方《とくがわがた》に向《む》かって攻《せ》め下《くだ》る絶好《ぜっこう》の機会《きかい》が訪《おとず》れるのを待《ま》っているだけのこと。くそっ、治部少《じぶのしょう》は、わしのことを疑《うたが》っているのか。」

ぼくはうなずいてから、きいた。

「でも、なんで、いま、ここで陣《じん》のすみに連《つ》れてきて話《はな》してるんですか？　こっそり教《おし》えてください。」

しばしだまってから、秀秋《ひであき》さんはうなずいた。

「陣《じん》には内府《ないふ》から遣《つか》わされた男《おとこ》がいて、わしのことを見張《みは》っているのだ。」

秀秋《ひであき》さんの声《こえ》が、かすかに震《ふる》えている。

「内府《ないふ》?」

拓哉《たくや》が首《くび》をかしげる。

「家康《いえやす》さんのことだよ。」

徳川家康《とくがわいえやす》は関ヶ原《せきがはら》の戦《たたか》いの四年前《ねんまえ》、位階《いかい》が正二位《しょうにい》、官職《かんしょく》が内大臣《ないだいじん》となった。内大臣《ないだいじん》になったから「内府《ないふ》」なのだ。

ぼくは、秀秋《ひであき》さんにいった。

「こういっちゃなんですけど、小早川秀秋《こばやかわひであき》さん、戦《いくさ》の前《まえ》に、豊臣方《とよとみがた》だけでなく、徳川方《とくがわがた》にも味方《みかた》するって約束《やくそく》しちゃったから、家康《いえやす》さんが見張《みは》りを送《おく》りこんでいるんじゃありませんか?」

少《すこ》しだまってから、秀秋《ひであき》さんがいう。

「わしは断《ことわ》れない性格《たち》でな。」

「お気持《きも》ちは、わからなくもないですけど。」

秀秋《ひであき》さんがつづける。

「それに、わしの配下《はいか》のなかにも、治部少《じぶのしょう》と通《つう》じた者《もの》、内府《ないふ》と通《つう》じた者《もの》がおるやもしれず、だれも信用《しんよう》できんのだ。」

表情《ひょうじょう》を少《すこ》し曇《くも》らせた秀秋《ひであき》さんが、さらにいった。

「だが、おまえたちは子供《こども》。わしの陣《じん》にいるおとなたちとちがい、嘘《うそ》はついておらんだろう。治部少《じぶのしょう》の伝言《でんごん》も嘘《うそ》ではなかろう。」

気《き》をゆるして、話《はな》してくれているのだろう。

それにしても、戦国時代《せんごくじだい》の、それも天下分《てんかわ》け目《め》の戦《いくさ》の前《まえ》、東軍《とうぐん》、西軍《せいぐん》の両方《りょうほう》から誘《さそ》われた秀秋《ひであき》さんは、とてもつらいのだろうな。

ぼくは、拓哉《たくや》のほうを見《み》た。

拓哉《たくや》は、とてもまじめな、というか神妙《しんみょう》な顔《かお》をしながら、つぶやいている。

「おれがA《エー》班《はん》・B《ビー》班《はん》のどちらに入《はい》るか決《き》められないでいるみたいだ。」

校内駅伝大会《こうないえきでんたいかい》のことだ。

秀秋《ひであき》さんがうなずいた。

「わかった。ちょっと待《ま》っていてくれ。」

それだけいうと、秀秋《ひであき》さんは背中《せなか》を向《む》けた。赤《あか》い陣羽織《じんばおり》の背《せ》には、交差《こうさ》した鎌《かま》が描《えが》かれ

ていた。

離《はな》れていった秀秋《ひであき》さんは、すぐに一頭《とう》の栗毛《くりげ》の馬《うま》にまたがってもどってきた。

「さあ、乗《の》れ。」

「えっ。」

「いいから、早《はや》く乗《の》れ！　陣《じん》のほかの者《もの》に見《み》つかってしまうではないか。」

そういうと秀秋《ひであき》さんは、まずぼくのほうに手《て》を伸《の》ばしてくれた。

ぼくが手《て》を伸《の》ばすと、秀秋《ひであき》さんは軽々《かるがる》と引《ひ》っぱりあげてくれた。気弱《きよわ》そうに見《み》えても、さすが戦国武将《せんごくぶしょう》、腕力《わんりょく》はすごいんだなと思《おも》った。

ぼくが秀秋《ひであき》さんのすぐうしろにまたがると、軽《かる》く手《て》を出《だ》してもらったくらいで、軽々《かるがる》と乗《の》った拓哉《たくや》は、さらにぼくのうしろにまたがった。

「そりゃっ！」

秀秋《ひであき》さんのかけ声《ごえ》と同時《どうじ》に、馬《うま》が松尾山《まつおやま》を駆《か》けおりていった。

7　時《とき》の分《わ》け目《め》の笹尾山《ささおやま》

わたし——遠山香里《とおやまかおり》——は、タイムを抱《だ》きかかえて、木《き》の根《ね》っこにすわっていた。

笹尾山《ささおやま》の石田三成《いしだみつなり》さんの陣《じん》のすみっこだ。

関ケ原《せきがはら》の戦場《せんじょう》を見下《みお》ろす、とはいっても周囲《しゅうい》の山《やま》とくらべて低《ひく》い丘《おか》の上《うえ》に陣《じん》がある。背《はい》後《ご》と、左右《さゆう》に少《すこ》し陣幕《じんまく》が張《は》られ、前方《ぜんぽう》は見晴《みは》らしがよくなっている。

ずっと大筒《おおづつ》の轟音《ごうおん》、つんざくような銃声《じゅうせい》、刀同士《かたなどうし》がぶつかる金属音《きんぞくおん》、攻《せ》めていく兵《へい》たちのかけ声《ごえ》、撃《う》たれたり斬《き》られたりした兵《へい》たちの悲鳴《ひめい》などが、聞《き》こえつづけている。

陣《じん》に頻繁《ひんぱん》に駆《か》けこんでくる伝令《でんれい》たちの言葉《ことば》によれば、朝《あさ》からはじまった戦《いくさ》は一進一退《いっしんいったい》をくりかえしているらしい。

そして三成《みつなり》さん、家臣《かしん》たち、伝令《でんれい》たちの会話《かいわ》を総合《そうごう》すると、戦場《せんじょう》のあちこちで、東西《とうざい》の武将同士《ぶしょうどうし》が次《つぎ》のように激突《げきとつ》していた。

西軍《せいぐん》＝豊臣方《とよとみがた》　東軍《とうぐん》＝徳川方《とくがわがた》

宇喜多秀家《うきたひでいえ》　VS.《バーサス》　福島正則《ふくしままさのり》

大谷吉継《おおたによしつぐ》（刑部《ぎょうぶ》）　VS.《バーサス》　藤堂高虎《とうどうたかとら》・京極高知《きょうごくたかとも》

小西行長《こにしゆきなが》　VS.《バーサス》　織田長益《おだながます》（有楽斎《うらくさい》）・古田重勝《ふるたしげかつ》

島津義弘《しまづよしひろ》　VS.《バーサス》　松平忠吉《まつだいらただよし》・井伊直政《いいなおまさ》・本多忠勝《ほんだただかつ》

●香里《かおり》クイズ

Q《キュー》．石田三成《いしだみつなり》の陣《じん》に攻《せ》めかかっていた東軍武将《とうぐんぶしょう》は黒田長政《くろだながまさ》ともうひとりはだれ？

A《エー》　細川藤孝《ほそかわふじたか》（幽斎《ゆうさい》）

B《ビー》　細川忠興《ほそかわただおき》

C《シー》　細川忠利《ほそかわただとし》

笹尾山《ささおやま》に張《は》っている三成《みつなり》さんの陣《じん》には、東軍《とうぐん》の黒田長政《くろだながまさ》と細川忠興《ほそかわただおき》が攻《せ》めかかってお り、麓《ふもと》にいる島左近《しまさこん》さんが猛烈《もうれつ》に反撃《はんげき》していた。

でも左近《さこん》さんは、銃弾《じゅうだん》によって負傷《ふしょう》してしまったらしい。

三成《みつなり》さんは鉄砲《てっぽう》、大筒《おおづつ》で応戦《おうせん》し、もちこたえていた。

関ケ原《せきがはら》の戦《たたか》いの全容《ぜんよう》を、笹尾山《ささおやま》から見下《みお》ろしながら、三成《みつなり》さんは、さきほどからいらだちを隠《かく》せないでいた。

「なにゆえ、全軍《ぜんぐん》いっせいに攻《せ》めんのだ！　小早川秀秋《こばやかわひであき》！　毛利秀元《もうりひでもと》！　吉川広家《きっかわひろいえ》！　長《ちょう》宗我部盛親《そかべもりちか》！　長束正家《なつかまさいえ》！　安国寺恵瓊《あんこくじえけい》！　なにゆえ動《うご》かん！　狼煙《のろし》を上《あ》げろ！　狼煙《のろし》を上《あ》げて、味方《みかた》を急《せ》かせ！」

西軍《せいぐん》に味方《みかた》すると約束《やくそく》して陣《じん》を布《し》いているはずの武将《ぶしょう》たちが、陣《じん》から動《うご》かないため、催《さい》促《そく》の狼煙《のろし》を上《あ》げさせたのだ。

「大一大万大吉《だいいちだいまんだいきち》」の家紋《かもん》が描《えが》かれた陣幕《じんまく》のなかで、三成《みつなり》さんが動物園《どうぶつえん》の熊《くま》みたいにうろうろしはじめた。

「なにゆえ、思惑《おもわく》どおりにいかん。なにゆえなのだ。――くそっ。そもそもは秀吉《ひでよし》さまが天下《てんか》を統一《とういつ》し、豊臣政権《とよとみせいけん》のもと、みな平和《へいわ》に暮《く》らしておったのだ。だが秀吉《ひでよし》さまが亡《な》くなられたとたんに徳川家康《とくがわいえやす》のやつめ！」

「大一大万大吉《だいいちだいまんだいきち》」を家紋《かもん》にする三成《みつなり》さんらしい言《い》い方《かた》だと思《おも》った。

わたしは立《た》ち上《あ》がった。タイムがついてくる。

わたしは、三成《みつなり》さんにきいた。

「みんな、味方《みかた》するって約束《やくそく》したんですよね。」

「徳川方《とくがわがた》は横《よこ》の連絡《れんらく》、武将同士《ぶしょうどうし》の連絡《れんらく》がとれているようだが、どうも、わが豊臣方《とよとみがた》はそれができていないようなのだ。」

「そうなんですか？」

「ああ、そうだ。おそらく、遠《とお》くに陣《じん》を布《し》いている連中《れんちゅう》は、ようすを見《み》ているうちに、出陣《しゅつじん》しそびれているのだ。もっと横《よこ》の連絡《れんらく》をとるようにしておくべきであった！」

三成《みつなり》さんが歯噛《はが》みしてから、わたしのほうを見《み》てきた。

「小早川秀秋《こばやかわひであき》のもとに行《い》かせた、あのふたりは、まだもどらんのか！」

「まだです。」

「いったい、なにをしておるのだ。」

「ごめんなさい。」

わたしは、かわりにあやまった。

たしかに遅《おそ》い。拓《た》っくんと亮平《りょうへい》くんは、いつになったらもどってきてくれるのだろう。

「じきに正午《しょうご》。小早川秀秋《こばやかわひであき》が動《うご》けば、ようすを見《み》ているほかの者《もの》も動《うご》くというに。そうなれば優劣《ゆうれつ》は逆転《ぎゃくてん》する。われらが勝《か》てる！　もしや……。」

三成《みつなり》さんがそこで言葉《ことば》を切《き》った。

「……あの者《もの》たち、おまえを見捨《みす》てて逃《に》げたのではなかろうな。」

「ヒャン。」

足下《あしもと》にいるタイムがわたしにしがみつく。

拓《た》っくんが、亮平《りょうへい》くんが、わたしを見捨《みす》てて逃《に》げた？　まさか!?

わたしたちは、ずっといっしょにタイムスリップをくりかえしてきたのだ。ううん、幼《よう》稚《ち》園《えん》のときからいっしょに行動《こうどう》してきた幼《おさな》なじみなのだ。

わたしの脳裏《のうり》に、幼稚園《ようちえん》のころの拓《た》っくんと亮平《りょうへい》くんの姿《すがた》が浮《う》かんだ。

ほかの男の子《こ》たちに意地悪《いじわる》されたわたしの前《まえ》に、拓《た》っくんと亮平《りょうへい》くんが並《なら》んで立《た》ちふさがり、さけんでくれた。

――「ぼくたちは香里《かおり》ちゃんのガードマンだぞ！　なあ、亮平《りょうへい》！」

――「そうだそうだ！　香里《かおり》ちゃんにヘンなことをしたら、ぼくたちがゆるさない！」

さらに同《おな》じ音羽《おとわ》小学校《しょうがっこう》に入《はい》ってからも、クラスがちがっても、学校帰《がっこうがえ》りの放課後《ほうかご》、休《やす》みの日《ひ》はいつもいっしょだった。わたしが中学受験《ちゅうがくじゅけん》のために進学塾《しんがくじゅく》に通《かよ》いはじめても、拓《た》っくんと亮平《りょうへい》くんは、一部《いちぶ》のクラスメイトのように「別《べつ》の学校《がっこう》に行《い》くやつ。」っていって見《み》捨《す》てたりはしなかった。

タイムスリップしはじめてからは、よりいっそう、いっしょにいるかんじがしていた。中学受験《ちゅうがくじゅけん》をして、わたしは私立桜葉女子学園中学校《しりつさくらばじょしがくえんちゅうがっこう》に、拓《た》っくんと亮平《りょうへい》くんは地元《じもと》の公《こう》立中学校《りつちゅうがっこう》に行《い》き、休日《きゅうじつ》くらいしか会《あ》えなくなったけど、それでも、わたしたちは、できるかぎりいっしょに過《す》ごしてきた。

なにより、いっしょにタイムスリップしてきた仲《なか》だ。

そんなタイムスリップ先《さき》で、拓《た》っくんと亮平《りょうへい》くんが、わたしを見捨《みす》てるはずがない。

わたしは、三成《みつなり》さんの目《め》を見上《みあ》げて、はっきりといった。

「あのふたりは、わたしを見捨《みす》てたりしません。」

三成《みつなり》さんの目《め》が、かすかに泳《およ》いだ。

「その自信《じしん》、どこからくるのだ。」

「もう八年以上《ねんいじょう》のつきあいですから。」

三成《みつなり》さんがにらんでくる。

「わが軍《ぐん》のような、烏合《うごう》の衆《しゅう》ではないと申《もう》すか。」

三成《みつなり》さんは、結束《けっそく》の固《かた》い東軍《とうぐん》にくらべ、寄《よ》せ集《あつ》め感《かん》の強《つよ》い西軍《せいぐん》のことを思《おも》い出《だ》しているのだ。

「はい。」

「ふっ。」

三成《みつなり》さんが薄《うす》く笑《わら》った。

「そういえる自信《じしん》がうらやましい。」

そのとき——。

蹄《ひづめ》の音《おと》、いななきが聞《き》こえたかと思《おも》うと、笹尾山《ささおやま》に一頭《とう》の馬《うま》が駆《か》けあがってきた。

馬《うま》から下《お》りてきたのは、亮平《りょうへい》くん、拓《た》っくん、そして、ひとりの若《わか》い武将《ぶしょう》。あの人《ひと》が、もしかして……。

三成《みつなり》さんがつぶやく。

「小早川秀秋《こばやかわひであき》、来《き》たか」

小早川秀秋《こばやかわひであき》さんと三成《みつなり》さんが、立《た》ったまま向《む》き合《あ》う。

三成《みつなり》さんは、自分《じぶん》が西軍《せいぐん》の大将《たいしょう》だと思《おも》っている。

秀秋《ひであき》さんは、自分《じぶん》のほうが官位《かんい》が上《うえ》だという自負《じふ》がある。

だから、どちらも、ひざまずかないのだろう。

拓《た》っくんと亮平《りょうへい》くんが、わたしのもとに走《はし》り寄《よ》ってくる。

「遅《おそ》くなってごめん。」

拓《た》っくんにつづいて亮平《りょうへい》くんも小《ちい》さく頭《あたま》を下《さ》げる。

「なかなか松尾山《まつおやま》に着《つ》かなくて。」

「でも、小早川秀秋《こばやかわひであき》さんをちゃんと連《つ》れてくるってすごいね。」

「なんかさ、松尾山《まつおやま》の陣内《じんない》に、家康《いえやす》さんから遣《つか》わされた見張《みは》りがいたりして、秀秋《ひであき》さん、すっかり疑心暗鬼《ぎしんあんき》になってて。」

「そうなんだ……。」

しばらく沈黙《ちんもく》がつづいてから、三成《みつなり》さんが秀秋《ひであき》さんにいう。

「金吾中納言殿《きんごちゅうなごんどの》、いますぐ動《うご》かれよ。いま動《うご》けば、勝《か》てる。動《うご》かぬまま、わが軍《ぐん》が負《ま》ければ、金吾中納言殿《きんごちゅうなごんどの》とて敗軍《はいぐん》の将《しょう》ですぞ。」

そのとき――。

遠《とお》くから銃声《じゅうせい》がつづけざまに聞《き》こえた。

見張《みは》っていた兵《へい》が、三成《みつなり》さんに報告《ほうこく》しにくる。

――「殿《との》！　何者《なにもの》かが松尾山《まつおやま》に向《む》かって銃《じゅう》を放《はな》っております！」

秀秋《ひであき》さんが口《くち》をぽかんと開《あ》ける。

それを見《み》て、三成《みつなり》さんが畳《たた》みかけるように説得《せっとく》する。

●香里《かおり》クイズ

Q《キュー》.関ケ原《せきがはら》の戦《たたか》いの後半《こうはん》で、松尾山《まつおやま》を銃撃《じゅうげき》させたのはだれ?
A《エー》 石田三成《いしだみつなり》
B《ビー》 徳川家康《とくがわいえやす》
C《シー》 島左近《しまさこん》

「味方《みかた》をさせようと、銃《じゅう》で脅《おど》すような男《おとこ》ですぞ、内府《ないふ》は! 家康《いえやす》は! それでも徳川方《とくがわがた》に味方《みかた》するおつもりか!」

「おのれっ、家康《いえやす》め。——わかり申《もう》した、治部少殿《じぶのしょうどの》。いますぐ陣《じん》にもどり、いっせいに打《う》って出《で》ます!」

秀秋《ひであき》さんがうなずくと、わたしのとなりに立《た》っている亮平《りょうへい》くんがつぶやいた。

「やっぱり小早川秀秋《こばやかわひであき》さんは断《ことわ》れないタイプみたいだけど、だいじょうぶかな。歴史《れきし》が変《か》わっちゃわないかな。」

三成《みつなり》さんがさけぶ。

「金吾中納言殿《きんごちゅうなごんどの》! 陣《じん》にもどり、号令《ごうれい》を! われわれもいっせいに打《う》って出《で》ますぞ!」

そして号令《ごうれい》をかける。

「みなの者《もの》！　決戦《けっせん》じゃ！　戦列《せんれつ》を整《ととの》えなおせ！　法螺貝《ほらがい》を吹《ふ》き鳴《な》らせ！　かかれーっ！」

そのとき――。

関ヶ原《せきがはら》の空《そら》が、かき曇《くも》った。

――「なんだ、なんだ。」

――「どうしたというのだ。」

笹尾山山頂《ささおやまさんちょう》のあちこちから声《こえ》があがる。

ぴかっ、と光《ひか》ったかと思《おも》うや、ゴロゴロと音《おと》が鳴《な》り響《ひび》き、雷《かみなり》が落《お》ちた。

陣《じん》のそばの木《き》に落雷《らくらい》し、火花《ひばな》があがった。

拓《た》っくんと亮平《りょうへい》くんが、わたしを守《まも》るように立《た》ちはだかった。

タイムがわたしの足《あし》にしがみつく。

目《め》の前《まえ》が真《ま》っ白《しろ》になった。

8 違和感《いわかん》の正体《しょうたい》は？

目《め》の前《まえ》に広《ひろ》がっている景色《けしき》は、笹尾山《ささおやま》にある石田三成《いしだみつなり》さんの陣内《じんない》ではなかった。

関ケ原《せきがはら》にタイムスリップした直前《ちょくぜん》にもどってきたらしい。

タイムを抱《だ》きあげたわたし――遠山香里《とおやまかおり》――は立《た》ち上《あ》がって、周囲《しゅうい》を見《み》まわした。

拓《た》っくんが、亮平《りょうへい》くんに走《はし》る練習《れんしゅう》をさせていた音羽《おとわ》の森《もり》だ。

タイムスリップした瞬間《しゅんかん》にもどってきたことはもどってきたんだけど。

口《くち》では上手《うま》く説明《せつめい》できないけど、わたしは、どこかに違和感《いわかん》のようなものをかんじていた。

「二十一世紀《せいき》にもどってきたんだ。」

拓《た》っくんにつづいて、亮平《りょうへい》くんも立《た》ち上《あ》がりながら、いう。

「今回《こんかい》は、過去《かこ》での滞在時間《たいざいじかん》が短《みじか》くない？」

「亮平《りょうへい》、残念《ざんねん》そうだな。」

「だってさ。もっと関ヶ原《せきがはら》にいたかったよ。関ヶ原《せきがはら》の戦《たたか》いの行方《ゆくえ》を見届《みとど》けたかったじゃん。」

「小早川秀秋《こばやかわひであき》さん、西軍《せいぐん》に味方《みかた》するって約束《やくそく》してたけど、あのあとどうなったんだろうな。あのあと、秀秋《ひであき》さんが土壇場《どたんば》で東軍《とうぐん》に寝返《ねがえ》らなかったら、歴史《れきし》が変《か》わっちゃうんだぜ。」

「そうだな。でもやっぱり、小早川秀秋《こばやかわひであき》さんって、優柔不断《ゆうじゅうふだん》っていうか、風見鶏《かざみどり》というか、なんかさ……。」

そういいながら、亮平《りょうへい》くんが首《くび》をかしげる。

わたしたちの近《ちか》くを、ジョギングをしている女《おんな》の人《ひと》がふたり通《とお》りすぎていった。ふたりの会話《かいわ》が聞《き》こえてくる。

――「なあ、このあと、どこでシャワー浴《あ》びるん？」

――「そやなあ、音羽商店街《おとわしょうてんがい》のおしゃれ銭湯《せんとう》に行《い》こか？」

拓《た》っくんが、わたしを見《み》てくる。

「どうしたの、香里《かおり》ちゃん。」

「ちょっと違和感《いわかん》があって。」

「いまのおねえさんふたりが大阪弁《おおさかべん》だったからじゃない？」

「なのかな。」

拓《た》っくんがあらためて亮平《りょうへい》くんにいう。

「亮平《りょうへい》、走《はし》る練習《れんしゅう》の途中《とちゅう》だったよな。つづけようぜ。」

「そうだな。」

でも、そのときウォーキングをしている老夫婦《ろうふうふ》の会話《かいわ》が聞《き》こえてきた。

――「なあ、もう歩《ある》かんでええんちゃうか。」

――「あかん、あかん。まだ歩《ある》きだしたばっかしやんか。退職《たいしょく》したら歩《ある》くいうたんは、あんたやないか。」

――「そやったかなあ。」

わたしは、ウォーキングをしている老夫婦《ろうふうふ》に話《はな》しかけた。

「あのっ。」

「なんやの。」

止《と》まった奥《おく》さんのほうが、怪訝《けげん》そうな顔《かお》つきで返事《へんじ》をした。

「おふたりは、地元《じもと》の方《かた》ですか？」

「そうやけど。」

「大阪《おおさか》から引《ひ》っ越《こ》してきたんですか？」

「なにいうてますの。生《う》まれてからずっと、このへんやわ。」

「えっ。」

「もうええか。——せやけど、おねえちゃん、江戸弁《えどべん》、つこぉてんねんなぁ。」

「えっ……江戸弁《えどべん》……!?」

「珍《めずら》しいなあ、思《おも》うてな。」

それだけいうと老夫婦《ろうふうふ》は歩《ある》き去《さ》っていった。

「クゥ〜ン。」

タイムが首《くび》をかしげながら鳴《な》く。

わたしは呆然《ぼうぜん》とするしかなかった。

拓《た》っくんと亮平《りょうへい》くんも首《くび》をかしげながら、近寄《ちかよ》ってきた。

亮平《りょうへい》くんがいう。

「さっきのおねえさんたちも、いまのおじいさんとおばあさんも大阪弁《おおさかべん》だったよね。香里《かおり》ちゃんがしゃべってるのを聞《き》いて、江戸弁《えどべん》とかいってた。」

拓《た》っくんがきいてきた。

「江戸弁《えどべん》って、おれたちが知《し》ってる東京語《とうきょうご》かな？」

「わからない。でも……。」

わたしの足《あし》は、自然《しぜん》に動《うご》きはじめていた。

このまま音羽《おとわ》の森《もり》にいるより、もっと人《ひと》がたくさんいるところに行《い》かないとダメなかんじがしていた。

「ちょ、香里《かおり》ちゃん、走《はし》る練習《れんしゅう》。」

拓《た》っくんの声《こえ》がしていたけど、すぐにふたり分《ぶん》の足音《あしおと》に変《か》わった。

音羽《おとわ》の森《もり》を出《で》て、坂道《さかみち》を下《お》りていく。

あたりはすでに暗《くら》くなりかけている。

わたしがめざしているのは音羽商店街《おとわしょうてんがい》だった。

音羽商店街《おとわしょうてんがい》まで行《い》けば、わたしがかんじている違和感《いわかん》がなにかわかるような気《き》がしていた。

いろんな店《みせ》の看板《かんばん》に明《あ》かりが灯《とも》されている音羽商店街《おとわしょうてんがい》の入《い》り口《ぐち》まで来《き》たときだった。

ピュー！

一陣《いちじん》の風《かぜ》が吹《ふ》いた。

風《かぜ》に舞《ま》って、新聞紙《しんぶんし》が一枚《まい》飛《と》んできて、わたしの顔《かお》にかぶさってきた。

「ヒャン！」

タイムが鳴《な》く。

前《まえ》が見《み》えなくなった。

わたしは、タイムを抱《だ》いていないほうの右手《みぎて》で新聞紙《しんぶんし》をつかんだ。

顔《かお》から新聞紙《しんぶんし》を引《ひ》きはがした。

「えっ！」

「ええーっ！」

拓《た》っくんと亮平《りょうへい》くんが、すっとんきょうな声《こえ》をあげた。

ふたりが指《ゆび》さす新聞紙《しんぶんし》に目《め》をやった。

──「維新会会長《いしんかいかいちょう》『江戸都構想《えどとこうそう》』立《た》ち上《あ》げ！」
──「首都大阪《しゅとおおさか》に動揺走《どうようはし》る！」
──「都民《とみん》の声《こえ》『首都《しゅと》は大阪《おおさか》だけじゃあかんのか！』」

えっ？　ええっ!?　えええっ！

わたしも、拓《た》っくんも、亮平《りょうへい》くんも、わが目《め》を疑《うたが》っていた。

いちばんおどろいた言葉《ことば》は、この四文字《もじ》だ。


──「首都大阪《しゅとおおさか》」。

わたしは頭《あたま》のなかが真《ま》っ白《しろ》になっていた。

視覚以外《しかくいがい》の「四感《かん》」がすべて失《うしな》われてしまったかんじがしていた。

次《つぎ》に聴覚《ちょうかく》がよみがえった。

音羽商店街《おとわしょうてんがい》のなかを行《ゆ》き交《か》う人《ひと》たちが話《はな》している多《おお》くは大阪弁《おおさかべん》だった。

首都《しゅと》は大阪《おおさか》で、標準語《ひょうじゅんご》が大阪弁《おおさかべん》になってる！

いったい、どういうこと？

わたしは、はっとして走《はし》りだした。

「香里《かおり》ちゃん！」

「どこ行《い》くの！」

拓《た》っくんと亮平《りょうへい》くんの声《こえ》がする。

わたしは走《はし》りながらさけんだ。

「『TATSUYA《タツヤ》』！」

わたしは、わたしが知《し》っている二十一世紀《せいき》の音羽商店街《おとわしょうてんがい》で「TATSUYA《タツヤ》」があるほうへ向《む》かって走《はし》っていった。

走《はし》りながら音羽商店街《おとわしょうてんがい》を見《み》わたす。

雰囲気《ふんいき》は、知《し》ってる音羽商店街《おとわしょうてんがい》とあまり変《か》わらないけど、よく見《み》ると、ひとつひとつの店《みせ》が異《こと》なっている。

焼《や》き鳥屋《とりや》があったところは串揚《くしあ》げ屋《や》だし、お好《この》み焼《や》き屋《や》があったところはテイクアウトのたこ焼《や》き屋《や》になっている。

「ボクのイタリアン!」というレストランは「わてのいたりあん!」になっている。

でも、どうして?

わたしは急《きゅう》に立《た》ち止《ど》まった。

「痛《いた》っ。」

「痛《い》てて。」

わたしの背中《せなか》に、拓《た》っくんと亮平《りょうへい》くんがぶつかって声《こえ》をあげる。

「大阪《おおさか》が首都《しゅと》になっても『TATSUYA《タツヤ》』はあるのね!」

わたしは、左手《ひだりて》でタイムを抱《だ》いたまま、「TATSUYA《タツヤ》」に飛《と》びこんだ。一階《かい》はCD《シーディー》やDVD《ディーブイディー》レンタルショップ、二階《かい》は書店《しょてん》、三階《がい》は文具店《ぶんぐてん》。わたしが知《し》っている

「TATSUYA《タツヤ》」そのままだ。首都《しゅと》が大阪《おおさか》になっても「TATSUYA《タツヤ》」はできたんだ。

わたしは階段《かいだん》を駆《か》けあがって、二階《かい》の書店《しょてん》フロアに入《はい》った。

歴史関連《れきしかんれん》の書籍《しょせき》が並《なら》ぶコーナーに急《いそ》いだ。

振《ふ》り向《む》かなくても、拓《た》っくんと亮平《りょうへい》くんもついてきているのがわかった。

わたしは日本史《にほんし》の書籍《しょせき》の棚《たな》をながめた。

違和感《いわかん》のあるタイトルが並《なら》んでいる。

──「大坂奉行所事典《おおさかぶぎょうしょじてん》」。

──「大坂幕府三百年《おおさかばくふねん》」。

──「江戸《えど》の地方史《ちほうし》」。

いちばん詳《くわ》しそうな日本史年表《にほんしねんぴょう》を手《て》にとって開《ひら》いた。

わたしは年表《ねんぴょう》の古代史《こだいし》からページをめくっていった。

旧石器時代《きゅうせっきじだい》……縄文時代《じょうもんじだい》……弥生時代《やよいじだい》……古墳時代《こふんじだい》……飛鳥時代《あすかじだい》……奈良時代《ならじだい》……平安《へいあん》時代《じだい》……鎌倉時代《かまくらじだい》……南北朝時代《なんぼくちょうじだい》……室町時代《むろまちじだい》……戦国時代《せんごくじだい》……。

わたしが知《し》っている日本史《にほんし》だ。
だんだんページをめくる手《て》の動《うご》きがゆっくりになっていく。
戦国時代《せんごくじだい》……安土桃山時代《あづちももやまじだい》……。
わたしは、さらにゆっくり見《み》ていった。

一五八二年《ねん》　本能寺《ほんのうじ》の変《へん》。
　織田信長《おだのぶなが》が明智光秀《あけちみつひで》に襲《おそ》われ本能寺《ほんのうじ》で死《し》す。
　山崎《やまざき》の戦《たたか》い。
　明智光秀《あけちみつひで》が羽柴秀吉《はしばひでよし》に討《う》たれる。

一五九〇年《ねん》　小田原《おだわら》攻《ぜ》め。
　豊臣秀吉《とよとみひでよし》が小田原城《おだわらじょう》を囲《かこ》む。北条氏《ほうじょうし》を討《う》ち、天下《てんか》を統一《とういつ》。

一五九二年《ねん》　文禄《ぶんろく》の役《えき》。
　豊臣秀吉《とよとみひでよし》が明《みん》に攻《せ》め入《い》るため将兵《しょうへい》たちを朝鮮半島《ちょうせんはんとう》に派遣《はけん》。

一五九七年《ねん》　慶長《けいちょう》の役《えき》。
　豊臣秀吉《とよとみひでよし》が明《みん》に攻《せ》め入《い》るため朝鮮半島《ちょうせんはんとう》に将兵《しょうへい》たちを再度派遣《さいどはけん》。
一五九八年《ねん》　豊臣秀吉病死《とよとみひでよしびょうし》。

そして——。
一六〇〇年《ねん》　関ヶ原《せきがはら》の戦《たたか》い。

その結果《けっか》——。

関ヶ原《せきがはら》の戦《たたか》いは、石田三成率《いしだみつなりひき》いる西軍《せいぐん》が勝利《しょうり》し、徳川家康率《とくがわいえやすひき》いる東軍《とうぐん》が敗北《はいぼく》する。

逃走《とうそう》した徳川家康《とくがわいえやす》、近《ちか》しい三河時代《みかわじだい》からの譜代大名《ふだいだいみょう》たちも捕《つか》まってしまい処刑《しょけい》される。

「うわっ。」

わたしたちは、小《ちい》さな歪《ひず》みが積《つ》もりに積《つ》もってあいてしまった時界《じかい》の壁《かべ》の大《おお》きな穴《あな》をふさぐために関ヶ原《せきがはら》に行《い》ったのに、かえって大《おお》きな穴《あな》をあけてしまった。

わたしは、頭《あたま》を抱《かか》えてしゃがみこんでしまいそうになった。

なんとかもちこたえたわたしは、年表《ねんぴょう》の一六〇三年《ねん》の項目《こうもく》に目《め》を落《お》とした。

一六〇三年《ねん》　豊臣秀頼《とよとみひでより》が征夷大将軍《せいいたいしょうぐん》に任《にん》ぜられる。
　　大坂幕府《おおさかばくふ》が開《ひら》かれる。

さらに年表《ねんぴょう》の欄外《らんがい》の解説《かいせつ》に目《め》を通《とお》した。

豊臣政権下《とよとみせいけんか》で権力《けんりょく》を誇《ほこ》っていた毛利輝元《もうりてるもと》、上杉景勝《うえすぎかげかつ》、島津義弘《しまづよしひろ》、宇喜多秀家《うきたひでいえ》、長宗我部盛親《ちょうそかべもりちか》、関ヶ原《せきがはら》の戦《たたか》いを指揮《しき》した石田三成《いしだみつなり》、そして小早川秀秋《こばやかわひであき》らが幕府《ばくふ》の閣僚《かくりょう》として名《な》を連《つら》ねることになった。

「そのあとは、ああ、『大坂時代《おおさかじだい》』とも『豊臣時代《とよとみじだい》』ともいわれているのね。」

わたしは、大坂時代《おおさかじだい》のおよそ三百年間《ねんかん》のページをめくっていった。

「豊臣将軍《とよとみしょうぐん》は十五代《だい》つづいて、そのあとは、ああ……。」

アメリカの黒船《くろふね》がやってきて、鎖国《さこく》していた日本《にほん》は開国《かいこく》せざるをえなくなってしまったらしいけど、ペリーが来《き》たのは三浦半島《みうらはんとう》の浦賀《うらが》じゃなくて、紀伊半島《きいはんとう》と淡路島《あわじしま》のあいだの大坂湾《おおさかわん》！

そして、それまで封建社会打破《ほうけんしゃかいだは》を訴《うった》えた志士《しし》たちの活躍《かつやく》によって、明治時代《めいじじだい》を迎《むか》えたのだ。ただし天皇《てんのう》は京都御所《きょうとごしょ》に居《い》たまま、大坂《おおさか》から名前《なまえ》を変《か》えた大阪《おおさか》が首都《しゅと》となったらしい。で、地名《ちめい》「江戸《えど》」はそのまま。「東京《とうきょう》」という地名《ちめい》はないらしい。

わたしたちの知《し》っている歴史《れきし》では、明治時代《めいじじだい》のはじめに、京都《きょうと》から東京《とうきょう》に御所《ごしょ》が移転《いてん》するにあたって「東《ひがし》の京《きょう》」という意味《いみ》から「東京《とうきょう》」って名《な》づけられた。

「な〜る。」

本棚《ほんだな》の前《まえ》で、亮平《りょうへい》くんが腕組《うでぐ》みをしたまま、うなりつづけた。

「関ヶ原《せきがはら》の戦《たたか》い以後《いご》は、徳川《とくがわ》から豊臣《とよとみ》に政権《せいけん》がかわり、首都《しゅと》が東京《とうきょう》から大阪《おおさか》に変《か》わったけど、大《おお》きな流《なが》れは変《か》わっていないんだね。」

「でもさ。」

拓《た》っくんだ。

「なんで、大阪《おおさか》が首都《しゅと》になってるわけ？」

亮平《りょうへい》くんが答《こた》える。

「関ケ原《せきがはら》の戦《たたか》いで勝《か》った西軍《せいぐん》は、ほら秀吉《ひでよし》が大坂城《おおさかじょう》を築《きず》いたとおり、もともと大坂《おおさか》が本拠《ほんきょ》地《ち》だったからだよ」

「なるほどな。でも、もうひとついいか」

「なに？」

「なんで、東京《とうきょう》の人《ひと》も大阪弁《おおさかべん》なんだ？　おれたちの知《し》ってる二十一世紀《せいき》は、東京《とうきょう》の人《ひと》は標《ひょう》準語《じゅんご》か東京語《とうきょうご》、大阪《おおさか》の人《ひと》は大阪弁《おおさかべん》だよ。」

わたしは、拓《た》っくんにいった。

「わたしたちが知《し》っている歴史《れきし》では、明治時代《めいじじだい》に標準語《ひょうじゅんご》が作《つく》られた。中央集権国家《ちゅうおうしゅうけんこっか》にするためには、役人《やくにん》たちの言葉《ことば》が通《つう》じ合《あ》わないといけないから標準語《ひょうじゅんご》が作《つく》られた。そのとき首《しゅ》都《と》の東京語《とうきょうご》、それも下町《したまち》じゃなく山《やま》の手《て》の東京語《とうきょうご》を基準《きじゅん》にしたらしいのね。」

「その話《はなし》なら聞《き》いたことがある。」

「おれも、そんな内容《ないよう》のドラマを観《み》たことがある。」

拓《た》っくんと亮平《りょうへい》くんがうなずく。

わたしはつづけた。

「でも、変《か》わってしまった歴史《れきし》では、きっと、大阪弁《おおさかべん》が広《ひろ》まって標準語《ひょうじゅんご》になったんだと思《おも》う。」

「なるほどな。あと、もうひとつ、気《き》になってることがある。」

拓《た》っくんだ。

「なに？」

「おれたちが、いま、ここに生《い》きているってことはさ、遠山家《とおやまけ》も、堀田家《ほったけ》も、うちの氷室《ひむろ》家《け》も代々《だいだい》つづいたってことだよな。」

わたしは、遠山家《とおやまけ》がどうなっているのか、自分《じぶん》の家《いえ》がどうなっているのか、両親《りょうしん》、姉《あね》が、ちゃんと家《いえ》にいるのか、気《き》になりはじめていた。

わたしたちは顔《かお》を見合《みあ》わせた。

「いったん家《いえ》に帰《かえ》らない？」

わたしがいうと、拓《た》っくんと亮平《りょうへい》くんも同《おな》じことを思《おも》っていたらしく、ふたりともまじめな顔《かお》でうなずいた。

「よし！　帰《かえ》ろう！　な、亮平《りょうへい》。」

「で、またこの『TATSUYA《タツヤ》』の前《まえ》に集《あつ》まろうよ！」

もし家《いえ》に帰《かえ》ってみて、大《おお》きな変化《へんか》があったら、どうしようかと思《おも》っていた。

まず、わたしの家《いえ》があるのか。

わたしの両親《りょうしん》は、わたしが知《し》っている両親《りょうしん》なのか。

わたしのきょうだいは、わたしが知《し》っている姉《あね》だけなのか。

そして、いちばん怖《こわ》かったのは、別《べつ》の歴史《れきし》の流《なが》れのなかで生《う》まれ育《そだ》った、もうひとりのわたしがいるのではないか、ということだった。

タイムスリップした先《さき》で、もうひとりの自分《じぶん》と遭遇《そうぐう》し、もし目《め》が合《あ》ったら時界《じかい》が崩壊《ほうかい》してしまうと、いつか美人女子大生《びじんじょしだいせい》の野々宮麻美《ののみやあさみ》さんに教《おし》えてもらったことがある。もし別《べつ》の歴史《れきし》の流《なが》れのなかで生《う》まれ育《そだ》ったわたしと目《め》が合《あ》ったら、どうなってしまうのだろう。

わたしは、ぶるっと身体《からだ》が震《ふる》えるのがわかった。

「どうしたの？」

亮平《りょうへい》くんがきいてくる。

わたしは、いま思《おも》ったことを話《はな》し、拓《た》っくんと亮平《りょうへい》くんに、もしもうひとり自分《じぶん》がいても目《め》を合《あ》わさないように注意《ちゅうい》した。

「了解《りょうかい》。」

「わかった。」

ふたりが神妙《しんみょう》な顔《かお》でうなずく。

わたしたちが歴史関連《れきしかんれん》の書籍《しょせき》が並《なら》ぶコーナーで回《まわ》れ右《みぎ》したときだった。

ちょうど目《め》の前《まえ》に黒縁眼鏡《くろぶちめがね》の中年《ちゅうねん》の女性店員《じょせいてんいん》が通《とお》りかかった。

わたしの顔《かお》の次《つぎ》に、腕《うで》のなかにいるタイムを見《み》た。

「い、犬《いぬ》を抱《だ》いて入《はい》ったら、あきまへん！」

やばっ。

わたしは、女性店員《じょせいてんいん》をはねのけて、走《はし》りだした。

拓《た》っくんと亮平《りょうへい》くんもつづいた。

階段《かいだん》を駆《か》けおりた。

二階《かい》からも、一階《かい》の売《う》り場《ば》からも男性《だんせい》の店員《てんいん》が追《お》いかけてくる。

わたしは、拓《た》っくんと亮平《りょうへい》くんに聞《き》こえるようにさけんだ。

「解散《かいさん》して、家《いえ》のようすをたしかめたら、『TATSUYA《タツヤ》』じゃなくて、音羽《おとわ》の森《もり》に集《しゅう》合《ごう》ね！」

追《お》われているから、「TATSUYA《タツヤ》」の前《まえ》に集合《しゅうごう》するわけにはいかなくなったからだ。

「了解《りょうかい》！」

「わかったよ！」

拓《た》っくんと亮平《りょうへい》くんの返事《へんじ》が、わたしのすぐうしろから聞《き》こえてきた。

わたしたち三人《にん》と一匹《ぴき》は「TATSUYA《タツヤ》」から飛《と》び出《だ》した。

商店街《しょうてんがい》が視界《しかい》に入《はい》ったときだった。

目《め》の前《まえ》が真《ま》っ白《しろ》になった。

9　関《せき》ケ《が》原《はら》、ふたたび!?

わたし――遠山香里《とおやまかおり》――は目《め》を開《あ》けた。

目《め》の前《まえ》に黒《くろ》く光《ひか》るものが見《み》えたかと思《おも》うと、ピンク色《いろ》のものが正面《しょうめん》から迫《せま》ってきた。次《つぎ》には、顔全体《かおぜんたい》を、ぬめっとした生温《なまあたた》かい感触《かんしょく》が占領《せんりょう》した。タイムが、わたしの顔《かお》をべろりと舐《な》めて起《お》こしてくれたのだ。

うわっ、なにこれ。

どこかで見《み》た光景《こうけい》、どこかでかんじた触覚《しょっかく》。

「タイム。」

タイムが首《くび》をかしげながら鳴《な》く。

「クゥ～ン。」

わたしは、またも横《よこ》を向《む》いた姿勢《しせい》で地面《じめん》の上《うえ》に倒《たお》れていた。身体《からだ》を起《お》こして、あたりに漂《ただよ》う霧《きり》を見《み》まわした。

これって……。

二メートルくらい離《はな》れたところに、拓《た》っくんと亮平《りょうへい》くんも横向《よこむ》きに倒《たお》れている。

わたしをデジャヴュがおそった。

デジャヴュはフランス語《ご》。日本語《にほんご》では既視感《きしかん》と書《か》かれる。どこかで見《み》た景色《けしき》、どこか覚《おぼ》えのある感覚《かんかく》、ってやつ。

脳内《のうない》が、ぐるんぐるんするかんじ。

ここは音羽商店街《おとわしょうてんがい》の「TATSUYA《タツヤ》」の前《まえ》じゃない。

こんどは「TATSUYA《タツヤ》」の前《まえ》から、どこかにタイムスリップしたのだ。たぶんまちがいない。

わたしは、はっていき、拓《た》っくんと亮平《りょうへい》くんの肩《かた》をゆすった。

「ふたりとも起《お》きて！」

目《め》を覚《さ》ましたふたりも身体《からだ》を起《お》こし、あたりを見《み》まわした。

「あれ、これって。」

「どこかで。」

わたしとタイムだけじゃなく、拓《た》っくんと亮平《りょうへい》くんもデジャヴュをかんじているようだ。

「あっ。」

わたしは、あることを思《おも》い出《だ》した。

関ケ原《せきがはら》の戦《たたか》いにタイムトリップしたのは、夏目少年《なつめしょうねん》がタイムスコープで時間《じかん》と場所《ばしょ》を指《し》定《てい》したからだ。でも今回《こんかい》はタイムスコープで指定《してい》していない。

ってことは……。

ちがうところにタイムスリップしたのかもしれない。

拓《た》っくんが亮平《りょうへい》くんにきく。

「亮平《りょうへい》、ここ、何時代《なにじだい》だよ。」

亮平《りょうへい》くんが顔《かお》をあげ、鼻《はな》をうごめかせる。

「わからないよ。痛《い》てて。」

亮平《りょうへい》くんは、やっぱり左《ひだり》わき腹《ばら》が痛《いた》いらしい。

「でもさ。」

拓《た》っくんだ。

「こうやって霧《きり》が出《で》てるってことは、まさか。」

そのとき――。

タイムの耳《みみ》がぴんと立《た》って、うなりはじめた。

「ウウウ。」

やっぱりデジャヴュ。

次《つぎ》の瞬間《しゅんかん》――。

霧《きり》のあいだから、光《ひか》るものが飛《と》び出《だ》してきて、わたしの目《め》の前《まえ》、数《すう》センチで止《と》まった。

槍《やり》の穂先《ほさき》だ。

ガチャガチャという甲冑《かっちゅう》、武具《ぶぐ》の音《おと》、さらに地面《じめん》を踏《ふ》みしめる音《おと》が聞《き》こえてくる。

「子供《こども》が、こんなところでなにをしておる。しかも妙《みょう》な身《み》なりをしておる。」

霧《きり》が少《すこ》しだけ晴《は》れてきて、槍《やり》の持《も》ち主《ぬし》の顔《かお》がぼんやり見《み》えはじめた。その顔《かお》は……。

「島左近《しまさこん》さん！」

わたしは相手《あいて》の名前《なまえ》を口《くち》にしてしまった。

「あっ！」

わたしはあわてて口《くち》を押《お》さえたけど遅《おそ》かった。

左近《さこん》さんが、わたしの顔《かお》、全身《ぜんしん》にゆっくり目《め》を走《はし》らせる。

「そなたのような子供《こども》が、なにゆえ、わしの名《な》を知《し》っておるのだ。」

ここは関ヶ原《せきがはら》の戦《たたか》いの戦場《せんじょう》。

わたしたちは、同《おな》じ場所《ばしょ》にタイムスリップしてきたのだ。

わたしは夏目少年《なつめしょうねん》がいっていたことを思《おも》い出《だ》していた。

やっぱり、この関ヶ原《せきがはら》の時界《じかい》の壁《かべ》に大《おお》きな穴《あな》があいてしまっているのだ。

なんとかしなければ。

そしてもちろんだけど、左近《さこん》さんは、わたしたちとはじめて会《あ》ったのだ。

時間移動《じかんいどう》をくりかえしているわたしたちにしか記憶《きおく》が残《のこ》っていないのだから。

左近《さこん》さんが、はっきりとした口調《くちょう》でいった。

「怪《あや》しいやつらめ。――ついてこい。」

わたしたちは、左近《さこん》さんに連《つ》れられながら、また背後《はいご》にいるらしい兵《へい》たちに追《お》い立《た》てられながら霧《きり》のなかを歩《ある》かされた。

山道《やまみち》にさしかかったとき、左近《さこん》さんがだれかに命《めい》じる声《こえ》が聞《き》こえた。

「いまから上《うえ》の陣《じん》に行《い》く。わが陣《じん》、しっかり守《まも》っておれ。」

同《おな》じだ。

クマザサが生《は》えた山道《やまみち》をのぼっていく。

ここは笹尾山《ささおやま》で、山《やま》の上《うえ》に石田三成《いしだみつなり》さんの陣《じん》があるのだ。

十分《ぷん》ばかり山道《やまみち》をのぼったところで、ひとりの兵《へい》が片《かた》ひざをついて出迎《でむか》えた。

「これは、島左近《しまさこん》さま！　いかがなさいました。」

すぐに兵《へい》によって陣内《じんない》に案内《あんない》された。

左近《さこん》さんが頭《あたま》を下《さ》げる。

「治部少《じぶのしょう》さま、失礼《しつれい》つかまつる。」

三成《みつなり》さんが、わたしたちの顔《かお》をじろりと見《み》てくる。

「この妙《みょう》な身《み》なりをした子供《こども》たちは、左近《さこん》の子《こ》か。」

ああ、同《おな》じだ。

「ちがうと申《もう》すなら、何者《なにもの》じゃ。徳川方《とくがわがた》の間者《かんじゃ》か。」

いうなり三成《みつなり》さんは、腰《こし》の刀《かたな》を抜《ぬ》いて、振《ふ》りかぶった。

わたしは、三成《みつなり》さんに向《む》かってさけんだ。

「わたしたちは、徳川方《とくがわがた》の、徳川家康《とくがわいえやす》の間者《かんじゃ》ではありません！」

亮平《りょうへい》くんが「家康《いえやす》さん。」といいかけたので、拓《た》っくんが「しっ。」と叱《しか》りつけた。

わたしは、三成《みつなり》さんにもういちどいった。

「間者《かんじゃ》じゃありません。」

「ならば証拠《しょうこ》を見《み》せえ。そうじゃ。この三人《にん》を徳川家康《とくがわいえやす》の陣《じん》に連《つ》れていき、家康《いえやす》がこの三人《にん》を知《し》っていれば、徳川方《とくがわがた》の間者《かんじゃ》ということになる。」

同《おな》じ展開《てんかい》だ。

左近《さこん》さんが三成《みつなり》さんにいう。

「治部少《じぶのしょう》さま、お忘《わす》れですか。いま、われわれは、その家康《いえやす》を総大将《そうだいしょう》とする徳川方《とくがわがた》と戦《いくさ》をはじめようとしているところですぞ。」

「そうですよ！　激《はげ》しく同意《どうい》！」

わたしがいうと、三成《みつなり》さん、左近《さこん》さんのふたりににらまれた。

わたしは、一度目《どめ》にタイムトリップしたときのことを思《おも》い出《だ》しながら、いった。

「み、三成《みつなり》さん！」

三成《みつなり》さんににらまれる。

「なにゆえ、わしの諱《いみな》を知《し》っておる。」

そこで左近《さこん》さんもいう。

「さきほど、拙者《せっしゃ》の顔《かお》を見《み》るなり『島左近《しまさこん》さん！』などと申《もう》しておりました。」

三成《みつなり》さんが切《き》っ先《さき》をわたしに向《む》けてきた。

「左近《さこん》と、わしの名《な》を知《し》っておったとなると、やはり徳川方《とくがわがた》の間者《かんじゃ》か。」

「だから、ちがいます！　三成《みつなり》さんの味方《みかた》だという証拠《しょうこ》をいいます。」

「なんじゃ。」

「こ、小早川秀秋《こばやかわひであき》さんは、三成《みつなり》さんのことを裏切《うらぎ》るかもしれません！」

「そ、そ、それは、ま、誠《まこと》か。」

三成《みつなり》さんが石《いし》みたいに固《かた》まった。

その三成《みつなり》さんがなにかいう前《まえ》に、わたしは話《はなし》を進《すす》めようとした。

こんどは、人質《ひとじち》にならず、三人《にん》と一匹《ぴき》で松尾山《まつおやま》に行《い》きたかったのだ。

「あのっ、それで。」

そのとき――。

「クゥ～ン。」

タイムが小《ちい》さく鳴《な》いた。

遠《とお》くでさけび声《ごえ》がし、刀《かたな》がぶつかりあう金属音《きんぞくおん》がし、さらに悲鳴《ひめい》が聞《き》こえてきた。

関ヶ原《せきがはら》の戦《たたか》いがはじまってしまったのだ。

伝令《でんれい》が走《はし》りこんできた。

「徳川方《とくがわがた》の井伊直政隊《いいなおまさたい》が抜《ぬ》け駆《が》け！」

さらに別《べつ》の伝令《でんれい》が走《はし》りこんできた。

「ただいま、徳川方《とくがわがた》の福島正則隊《ふくしままさのりたい》、わが軍《ぐん》の宇喜多秀家隊《うきたひでいえたい》が、ばったり出《で》くわし、衝突《しょうとつ》した模様《もよう》！」

三成《みつなり》さんが、いらつく。

「なにゆえ、きっちりと戦《いくさ》がはじまらんのだ！　抜《ぬ》け駆《が》けだと！　ばったり出《で》くわしただと！　そんな、いい加減《かげん》な戦《いくさ》でどうする！　やりなおせ！　戦《いくさ》をやりなおせ！　戦列《せんれつ》を整《ととの》えなおし、法螺貝《ほらがい》を吹《ふ》き鳴《な》らし、はじめるのだ！　ああ、こんな戦《いくさ》のはじまり方《かた》、じつに気持《きも》ち悪《わる》い！」

わたしは三成《みつなり》さんにいった。

「わたしたち三人《にん》で、これから小早川秀秋《こばやかわひであき》さんを連《つ》れてきます！」

亮平《りょうへい》くんが背中《せなか》を突《つ》っついてきて、小声《こごえ》でいった。

「小早川秀秋《こばやかわひであき》さんを連《つ》れてきて三成《みつなり》さんに味方《みかた》したら、西軍《せいぐん》が勝《か》ってしまって……。」

拓《た》っくんもいう。

「……大阪《おおさか》が首都《しゅと》になっちゃう。」

わたしはうなずいてから、三成《みつなり》さんにいった。

「わたしたち三人《にん》で、あの松尾山《まつおやま》に行《い》って、小早川秀秋《こばやかわひであき》さんを連《つ》れてきます！　そうしたら、豊臣方《とよとみがた》に味方《みかた》するよう、秀秋《ひであき》さんを説得《せっとく》してください。」

だけど小早川秀秋《こばやかわひであき》さんには、三成《みつなり》さんに説得《せっとく》されるふりをして、土壇場《どたんば》で東軍《とうぐん》に寝返《ねがえ》ってもらわないといけないのだ。

わたしたちが歩《ある》きだそうとしたときだった。

「待《ま》て！」

左近《さこん》さんだ。

「治部少《じぶのしょう》さま！　三人《にん》とも逃《に》げるやもしれませぬぞ。人質《ひとじち》です。人質《ひとじち》をとるのです。」

「なんだと？　わしの陣《じん》に子供《こども》が三人《にん》、犬《いぬ》が一匹《ぴき》いることが、わしには理解《りかい》できぬ。いや、ゆるせぬ。わしの絵図面《えずめん》にはないこと。それがゆるせぬのじゃ。」

「ダメです。人質《ひとじち》をとってください。」

「うぬ。――だれをだ。」

「女子《おなご》がよろしかろうと。」

タイムがわたしの足《あし》にしがみついてきた。

まだ霧《きり》が立《た》ちこめている。

銃声《じゅうせい》や大筒《おおづつ》の音《おと》、刀《かたな》がぶつかる音《おと》がするなか、ぼく――堀田亮平《ほったりょうへい》――と拓哉《たくや》は、関ヶ原《せきがはら》の西端《せいたん》の山《やま》の麓《ふもと》に沿《そ》って、ぐるりと迂回《うかい》しながら、松尾山《まつおやま》に向《む》かって走《はし》っていた。

「亮平《りょうへい》、急《いそ》げ。」

「わかってるよ。」

ぼくは腰《こし》をかがめた姿勢《しせい》で走《はし》りながら、うしろから追《お》い立《た》てるように走《はし》ってくる拓哉《たくや》に返事《へんじ》をした。

さらに拓哉《たくや》がいう。

「さっさと松尾山《まつおやま》に行《い》ってさ、小早川秀秋《こばやかわひであき》さんを説得《せっとく》して、香里《かおり》ちゃんが待《ま》っている笹尾《ささお》山《やま》に連《つ》れていくんだ。」

「それだけじゃ、また歴史《れきし》が変《か》わっちゃう。大阪《おおさか》が首都《しゅと》になっちゃうよ。」

「どうすればいい。」

「松尾山《まつおやま》に着《つ》いたら、小早川秀秋《こばやかわひであき》さんに、石田三成《いしだみつなり》を裏切《うらぎ》って東軍《とうぐん》に寝返《ねがえ》るようにお願《ねが》いするんだよ。」

「それじゃ、秀秋《ひであき》さんが笹尾山《ささおやま》に来《き》てくれないじゃん。笹尾山《ささおやま》に来《き》てくれなかったら、香《かお》里《り》ちゃんとタイムの命《いのち》があぶないじゃないか。」

「そうだ！」

「なんだ、亮平《りょうへい》。」

「秀秋《ひであき》さんに素直《すなお》に話《はな》してさ、ひと芝居打《しばいう》ってもらうんだよ。」

「どういうことだ？」

「笹尾山《ささおやま》に行《い》ってもらって、三成《みつなり》さんに味方《みかた》するふりをしてもらって、やっぱり三成《みつなり》さんを裏切《うらぎ》って、東軍《とうぐん》に寝返《ねがえ》ってもらうようにお願《ねが》いするんだ。」

「亮平《りょうへい》、そんなに上手《うま》くいくか？」

「上手《うま》くいかせるしかないよ。」

霧《きり》がだんだん晴《は》れてきた。

拓哉《たくや》もぼくも、できるだけ腰《こし》をかがめ、草木《くさき》に隠《かく》れながら走《はし》り、目《め》の前《まえ》に武将《ぶしょう》や兵《へい》がいたら、隠《かく》れ、行《ゆ》きすぎるのを待《ま》った。

なんどか隠《かく》れたあとだった。

拓哉《たくや》とぼくの背後《はいご》で声《こえ》がした。

――「おい！　妙《みょう》な身《み》なりの子《こ》がいるぞ！」

「亮平《りょうへい》、走《はし》れ！　急《いそ》げ！」

拓哉《たくや》とぼくは全速力《ぜんそくりょく》で駆《か》けた。

デジャヴュだった。

楽《たの》しいことなら、いくらくりかえされてもいいんだけど、つらいことは、そう何回《なんかい》もくりかえしたくはない。

気《き》がついたときには、松尾山《まつおやま》の麓《ふもと》の林《はやし》に入《はい》りこんでいた。

灌木《かんぼく》をよけ、雑草《ざっそう》を踏《ふ》み、クマザサを分《わ》けながら、細《ほそ》い山道《やまみち》をのぼっていった。

ザッ、ザザッ、ザザッ。

半《はん》ズボンの足《あし》にクマザサがあたる。

もし一回目《かいめ》のタイムスリップと同《おな》じ時間《じかん》がたっているなら、そろそろ若《わか》い兵《へい》があらわれ
……。

「亮平《りょうへい》、しゃがめ！」

やっぱり。

そして、ぼくの足下《あしもと》に……。

ああ、やっぱり。

視界《しかい》の右《みぎ》から左《ひだり》にゆっくりと蛇《へび》がはっていく。

こんどは声《こえ》をあげずにすんだ。

若《わか》い兵《へい》がいなくなるまで、じっとしゃがみつづけ、また山道《やまみち》をのぼっていった。

そして頂上近《ちょうじょうちか》くに、たどりついたときだった。

――「止《と》まれ！」

足下《あしもと》の深《ふか》い草《くさ》むらに隠《かく》れていた兵《へい》十人《にん》くらいが姿《すがた》をあらわした。

拓哉《たくや》がつぶやく。

「また『ランボー』かよ。」

なかのひとりがきいてくる。

「何者《なにもの》だ。」

ぼくが答《こた》えた。

「ぼくたちは、笹尾山《ささおやま》から来《き》た、石田三成《いしだみつなり》さまの伝令《でんれい》です。小早川秀秋《こばやかわひであき》さまへ伝言《でんごん》があります!」

「なんだと?」

刀《かたな》の先《さき》を向《む》けてきた。

――「やめろ。」

声《こえ》の主《ぬし》が姿《すがた》をあらわした。

秀秋《ひであき》さんだ。

「そこのふたり。わしについてまいれ。」

秀秋《ひであき》さんに手招《てまね》きされ、拓哉《たくや》とぼくは陣《じん》のすみのほうについていった。

「治部少《じぶのしょう》の伝言《でんごん》だって? いったい、なんだ?」

ぼくは、香里《かおり》ちゃんが人質《ひとじち》にとられていること、だから顔《かお》を出《だ》して、西軍《せいぐん》に味方《みかた》するといってほしいと伝《つた》えた。

秀秋《ひであき》さんは、しばしだまっている。

さらに、ぼくはつづけた。

「秀秋《ひであき》さん、なにか困《こま》っていることがあるのではありませんか? 徳川方《とくがわがた》と豊臣方《とよとみがた》の両方《りょうほう》から誘《さそ》われているとか。」

「なにゆえ、わかる。」

歴史《れきし》を知《し》っているから、とはいえない。

「勘《かん》です。」

「ふむ。じつは内府《ないふ》から遣《つか》わされた男《おとこ》が陣《じん》にいて、わしのことを見張《みは》っているのだ。」

「秀秋《ひであき》さん、豊臣方《とよとみがた》だけでなく、徳川方《とくがわがた》にも味方《みかた》するっていったから、家康《いえやす》さんが見張《みは》りをよこしたんですね。」

「わしは断《ことわ》れない性格《たち》でな。わしの配下《はいか》のなかにも、治部少《じぶのしょう》と通《つう》じた者《もの》、内府《ないふ》と通《つう》じた者《もの》がおるやもしれず、だれも信用《しんよう》できんのだ。」

ぼくは、秀秋《ひであき》さんにそれとなくいった。

「秀秋《ひであき》さんがどちらに味方《みかた》するか、ぼくたち興味《きょうみ》はありません。」

大《おお》ウソだった。

「でも、秀秋《ひであき》さんのことを疑《うたが》っている三成《みつなり》さんは、ぼくたちの友《とも》だちの女《おんな》の子《こ》を人質《ひとじち》にとっているんです。」

「なんだと？」

「だから、ぼくたちは友《とも》だちの女《おんな》の子《こ》を、どうしても助《たす》けたいんです。協力《きょうりょく》してくださいませんか。」

ぼくが頭《あたま》を下《さ》げると、まじめで神妙《しんみょう》な顔《かお》をしている拓哉《たくや》も、ぺこりと頭《あたま》を下《さ》げた。

「治部少《じぶのしょう》が、おまえたちの友《とも》を、それも女子《おなご》を。」

秀秋《ひであき》さんの声《こえ》が、かすかに震《ふる》えている。

「はい。」

秀秋《ひであき》さんが眉間《みけん》に皺《しわ》を寄《よ》せて、笹尾山《ささおやま》のほうをにらみつけた。

「おのれ、治部少《じぶのしょう》。女子《おなご》、それも子供《こども》を人質《ひとじち》にとるとはっ。そんなやつといっしょに戦《いくさ》はできぬ。その女子《おなご》を助《たす》けるために治部少《じぶのしょう》の陣《じん》に行《い》き、豊臣方《とよとみがた》の味方《みかた》をするふりをする、だな。——わかった。ちょっと待《ま》っていてくれ。」

少《すこ》し離《はな》れた秀秋《ひであき》さんが、すぐに一頭《とう》の栗毛《くりげ》の馬《うま》にまたがってやってきた。

「ふたりとも早《はや》く乗《の》れ！」

秀秋《ひであき》さんが手《て》を伸《の》ばしてくれて、拓哉《たくや》とぼくは馬《うま》に乗《の》ることができた。

「そりゃっ！」

秀秋《ひであき》さんのかけ声《ごえ》とともに松尾山《まつおやま》を駆《か》けおりていった。

わたし——遠山香里《とおやまかおり》——は、笹尾山《ささおやま》の石田三成《いしだみつなり》さんの陣内《じんない》のすみっこにいた。陣幕《じんまく》の隙《すき》間《ま》に生《は》えている木《き》の根《ね》っこにすわって、拓《た》っくんと亮平《りょうへい》くんが小早川秀秋《こばやかわひであき》さんを連《つ》れて帰《かえ》ってくるのを待《ま》ちつづけた。

一回目《かいめ》に関ヶ原《せきがはら》の戦《たたか》いにタイムトリップしたときは、いつ拓《た》っくんと亮平《りょうへい》くんがもどってくるかハラハラしていた。

けど、二回目《かいめ》の今回《こんかい》は少《すこ》しは落《お》ちついて待《ま》っていることができた。

朝《あさ》からはじまった戦《いくさ》は、一進一退《いっしんいったい》をくりかえしている。

一回目《かいめ》も二回目《かいめ》も関ヶ原《せきがはら》の戦《たたか》いの流《なが》れは同《おな》じだ。

一回目《かいめ》と同《おな》じように、笹尾山《ささおやま》には東軍《とうぐん》の黒田長政《くろだながまさ》と細川忠興《ほそかわただおき》が攻《せ》めかかっており、麓《ふもと》で戦《たたか》っている島左近《しまさこん》さんは銃弾《じゅうだん》で負傷《ふしょう》。

三成《みつなり》さんは鉄砲《てっぽう》、大筒《おおづつ》で応戦《おうせん》しつづけている。

そして三成《みつなり》さんは西軍《せいぐん》に味方《みかた》しているはずの武将《ぶしょう》たちが全員動《ぜんいんうご》かないことにいらだち、催促《さいそく》の狼煙《のろし》を上《あ》げさせ、陣内《じんない》をうろついている。

その三成《みつなり》さんが、わたしにいう。

「あのふたりは、まだか！　まさか、そなたを見捨《みす》てて逃《に》げたのではなかろうな。」

「きっともどってきます。」

「たいした自信《じしん》だな。なにゆえ、そういいきれる。」

一回目《かいめ》のときは、長《なが》いつきあいだから信《しん》じられた。

でも、いまはちがう。

いちど経験《けいけん》していることなのだ。

わたしがどう答《こた》えたものか考《かんが》えていると、一頭《とう》の馬《うま》が駆《か》けあがってきて、亮平《りょうへい》くん、拓《た》っくん、秀秋《ひであき》さんの順《じゅん》で陣内《じんない》に駆《か》けこんできた。

秀秋《ひであき》さんと三成《みつなり》さんが、立《た》ったまま向《む》き合《あ》う。

拓《た》っくんと亮平《りょうへい》くんが、わたしとタイムのもとに走《はし》ってきた。

わたしは、ふたりにきいた。

「だいじょうぶ？」

亮平《りょうへい》くんが小声《こごえ》で答《こた》える。

「三成《みつなり》さんの悪口《わるくち》をいっておいたから。表向《おもてむ》きは三成《みつなり》さんに従《したが》うと思《おも》う。」

三成《みつなり》さんが秀秋《ひであき》さんにいう。

「金吾中納言殿《きんごちゅうなごんどの》、いますぐ動《うご》かれよ。いま動《うご》けば、勝《か》てる。」

そのとき――。

遠《とお》くから銃声《じゅうせい》がつづけざまに聞《き》こえた。

見張《みは》っていた兵《へい》が、三成《みつなり》さんに報告《ほうこく》する。

――「殿《との》！　銃声《じゅうせい》は松尾山《まつおやま》のほうからです！」

秀秋《ひであき》さんが口《くち》をぽかんと開《あ》ける。

三成《みつなり》さんがいう。

「味方《みかた》をさせようと、銃《じゅう》で脅《おど》すような男《おとこ》ですぞ、内府《ないふ》は！　家康《いえやす》は！　それでも徳川方《とくがわがた》に味方《みかた》するおつもりか！」

それを見《み》て、拓《た》っくんと亮平《りょうへい》くんがぽかんと口《くち》を開《あ》ける。

このままだと秀秋《ひであき》さんは三成《みつなり》さんの説得《せっとく》に押《お》しきられてしまう。

一回目《かいめ》にタイムスリップしてきたときと同《おな》じになってしまう。

心配《しんぱい》になったわたしは、拓《た》っくんと亮平《りょうへい》くんにいった。

「このままだと、秀秋《ひであき》さんが三成《みつなり》さんに味方《みかた》しちゃうよ。だいじょうぶ？」

わたしがいったときだった。

秀秋《ひであき》さんは三成《みつなり》さんにいった。

「おのれっ、家康《いえやす》め。――わかり申《もう》した、治部少殿《じぶのしょうどの》。いますぐ陣《じん》にもどり、いっせいに打《う》って出《で》ます！」

それから秀秋《ひであき》さんが、拓《た》っくんと亮平《りょうへい》くんのほうを見《み》て、ウインクした。

拓《た》っくんがつぶやく。

「これで、だいじょうぶだよな。」

亮平《りょうへい》くんがうなずく。

「だいじょうぶだよ。きっと約束《やくそく》を守《まも》って、東軍《とうぐん》に寝返《ねがえ》ってくれる。」

秀秋《ひであき》さんが馬《うま》にまたがって、陣《じん》から駆《か》けおりていく。

三成《みつなり》さんが号令《ごうれい》をかける。

「みなの者《もの》！　決戦《けっせん》じゃ！　戦列《せんれつ》を整《ととの》えなおせ！　法螺貝《ほらがい》を吹《ふ》き鳴《な》らせ！　かかれーっ！」

そのとき――。

関ケ原《せきがはら》の空《そら》が、かき曇《くも》った。

ぴかっ、と光《ひか》ったかと思《おも》うや、ゴロゴロと音《おと》が鳴《な》り響《ひび》き、雷《かみなり》が落《お》ちた。

陣《じん》のそばの木《き》に落雷《らくらい》し、火花《ひばな》があがった。

拓《た》っくんと亮平《りょうへい》くんが、わたしを守《まも》るように立《た》ちはだかった。

タイムがわたしの足《あし》にしがみつく。

目《め》の前《まえ》が真《ま》っ白《しろ》になった。

10　二十一世紀《せいき》、ふたたび！

わたし――遠山香里《とおやまかおり》――は地面《じめん》にすわっていた。

わたしはタイムを抱《だ》いて立《た》ち上《あ》がり、周囲《しゅうい》を見まわした。

音羽《おとわ》の森《もり》だ。

いつもなら「TATSUYA《タツヤ》」の前《まえ》にもどっているはずなのに、一回目《かいめ》に二十一世紀《せいき》にもどったときと同《おな》じ音羽《おとわ》の森《もり》だ。

拓《た》っくんと亮平《りょうへい》くんも立《た》ち上《あ》がって、わたしのほうに近《ちか》づいてくる。

そのとき、わたしの近《ちか》くを、ジョギングをしている女《おんな》の人《ひと》がふたり通《とお》りすぎていった。

ふたりの会話《かいわ》が聞《き》こえてくる。

――「なあ、このあと、どこでシャワー浴《あ》びるん？」

――「そやなあ、音羽商店街《おとわしょうてんがい》のおしゃれ銭湯《せんとう》に行《い》こか？」

またデジャヴュだ。それに……。

「拓《た》っくん、亮平《りょうへい》くん、いまのふたりとも……。」

「大阪弁《おおさかべん》だった！」

拓《た》っくんと亮平《りょうへい》くんがハモる。

「どういうこと？」

わたしが首《くび》をかしげると、亮平《りょうへい》くんがいった。

「まさか、小早川秀秋《こばやかわひであき》さん、おれたちと約束《やくそく》したのに、東軍《とうぐん》に寝返《ねがえ》らず、あのまま石田三成《いしだみつなり》さんの味方《みかた》をつづけたんじゃ……。」

わたしは走《はし》りながらさけんだ。

「『TATSUYA《タツヤ》』！　たしかめなきゃ！」

拓《た》っくんと亮平《りょうへい》くんもうしろからついてくる。

音羽《おとわ》の森《もり》のなかを走《はし》っている途中《とちゅう》で、見《み》たことがある老夫婦《ろうふうふ》とすれちがった。

――「なあ、もう歩《ある》かんでええんちゃうか。」

――「あかん、あかん。まだ歩《ある》きだしたばっかしやんか。退職《たいしょく》したら歩《ある》くいうたんは、あんたやないか。」

――「そやったかなあ。」

かすかに聞《き》こえてきたのは大阪弁《おおさかべん》だった。

やっぱり秀秋《ひであき》さんは東軍《とうぐん》に寝返《ねがえ》ってくれなかったの？

わたしたち、関ヶ原《せきがはら》の戦《たたか》いの現場《げんば》で歴史《れきし》を修正《しゅうせい》しようとしたにもかかわらず、それが叶《かな》わなかった。

歴史《れきし》は変《か》わってしまったの？

「クゥ～ン。」

わたしの焦《あせ》りみたいな感情《かんじょう》を察《さっ》してか、腕《うで》のなかでタイムが鳴《な》く。

わたしたちは音羽《おとわ》の森《もり》を出《で》て、坂道《さかみち》を下《お》りていった。

あたりは、すでに暗《くら》くなりかけている。

音羽商店街《おとわしょうてんがい》の入《い》り口《ぐち》まで来《き》たとき、一陣《いちじん》の風《かぜ》が吹《ふ》いた。

このあと新聞紙《しんぶんし》が舞《ま》うはず。

来《き》た！

わたしは、顔《かお》にかぶさる前《まえ》に新聞紙《しんぶんし》を手《て》につかんで、広《ひろ》げた。

――「維新会会長《いしんかいかいちょう》『江戸都構想《えどとこうそう》』立《た》ち上《あ》げ！」

――「首都大阪《しゅとおおさか》に動揺走《どうようはし》る！」

――「都民《とみん》の声《こえ》『首都《しゅと》は大阪《おおさか》だけじゃあかんのか！』」


えっ。

わたしは呆然《ぼうぜん》とした。

わたしをはさむように立《た》った拓《た》っくんと亮平《りょうへい》くんも、がっくりと肩《かた》を落《お》とした。

「香里《かおり》ちゃん、なんだよ、これ。なあ、亮平《りょうへい》。」

「うん。ありえないよ。」

首都《しゅと》は大阪《おおさか》で、標準語《ひょうじゅんご》は大阪弁《おおさかべん》！

なにも変《か》わっていない！

関ヶ原《せきがはら》の時界《じかい》の壁《かべ》にあいた大《おお》きな穴《あな》はふさがっていない！

どういうこと？

わたしたちは商店街《しょうてんがい》を走《はし》った。

焼《や》き鳥屋《とりや》があったところは串揚《くしあ》げ屋《や》、お好《この》み焼《や》き屋《や》があったところはテイクアウトのたこ焼《や》き屋《や》。

視界《しかい》の端《はし》に、「わてのいたりあん！」の文字《もじ》が見《み》える。

わたしは左手《ひだりて》でタイムを抱《だ》いたまま「TATSUYA《タツヤ》」に駆《か》けこんだ。階段《かいだん》を駆《か》けあがり、二階《かい》の書店《しょてん》フロアに入《はい》った。

歴史関連《れきしかんれん》の書籍《しょせき》が並《なら》ぶコーナーに急《いそ》ぎ、見覚《みおぼ》えがある日本史年表《にほんしねんぴょう》を手《て》にとると、すぐに関ヶ原《せきがはら》の戦《たたか》いのページを開《ひら》いた。

一六〇〇年《ねん》　関ヶ原《せきがはら》の戦《たたか》い。

その結果《けっか》――。

関ヶ原《せきがはら》の戦《たたか》いは徳川家康《とくがわいえやす》さん率《ひき》いる東軍《とうぐん》が勝利《しょうり》。

逃走《とうそう》した石田三成《いしだみつなり》さんらは捕《つか》まって処刑《しょけい》されていた。

しかも西軍《せいぐん》は、小早川秀秋《こばやかわひであき》さんに裏切《うらぎ》られ、東軍《とうぐん》に寝返《ねがえ》られていた。

「えっ、どうして?」

どうして、わたしたちが知《し》っている日本史《にほんし》のとおり、秀秋《ひであき》さんが東軍《とうぐん》に寝返《ねがえ》ったっていうのに、二十一世紀《せいき》では首都《しゅと》が大阪《おおさか》で、標準語《ひょうじゅんご》が大阪弁《おおさかべん》になってるの?

関ヶ原《せきがはら》の戦《たたか》いから二十一世紀《せいき》までのあいだになにがあったというのだろう。

わたしは年表《ねんぴょう》のページをめくっていった。

一六〇三年《ねん》　徳川家康《とくがわいえやす》が征夷大将軍《せいいたいしょうぐん》に任《にん》ぜられる。
　江戸幕府《えどばくふ》が開《ひら》かれる。

関ヶ原《せきがはら》の戦《たたか》いのあと、徳川家康《とくがわいえやす》さんは征夷大将軍《せいいたいしょうぐん》に任《にん》ぜられ、江戸《えど》に幕府《ばくふ》を開《ひら》いている。

このまま徳川幕府《とくがわばくふ》がつづけば、幕末《ばくまつ》、維新《いしん》を経《へ》て、首都《しゅと》は東京《とうきょう》になり、標準語《ひょうじゅんご》も東京語《とうきょうご》をもとに作《つく》られたはず。

●香里《かおり》クイズ
Q《キュー》．大坂冬《おおさかふゆ》の陣《じん》と夏《なつ》の陣《じん》は西暦何年《せいれきなんねん》と何年《なんねん》？
A《エー》　一六一三年《ねん》と一六一四年《ねん》
B《ビー》　一六一四年《ねん》と一六一五年《ねん》
C《シー》　一六一五年《ねん》と一六一六年《ねん》

ページをめくっていたわたしの手《て》が止《と》まった。

一六一四年《ねん》　大坂冬《おおさかふゆ》の陣《じん》。

ここまでは同《おな》じだった。

でも……。


一六一五年《ねん》　大坂夏《おおさかなつ》の陣《じん》。

徳川家康《とくがわいえやす》討《う》ち死《じ》に。

江戸幕府《えどばくふ》終《お》わる。

豊臣秀頼《とよとみひでより》が征夷大将軍《せいいたいしょうぐん》に就任《しゅうにん》。

大坂幕府《おおさかばくふ》が開《ひら》かれる。


えっ、ええっ！

わたしは呆然《ぼうぜん》としたまま、年表《ねんぴょう》の欄外《らんがい》の解説《かいせつ》に目《め》を通《とお》した。

徳川家康《とくがわいえやす》は大坂冬《おおさかふゆ》の陣《じん》のあと、豊臣方《とよとみがた》と和睦《わぼく》。大坂城《おおさかじょう》の堀《ほり》をすべて埋《う》め立《た》て、さらに難《なん》癖《くせ》をつけて大坂夏《おおさかなつ》の陣《じん》をしかけた。

楽勝《らくしょう》のはずだったが、大坂方《おおさかがた》の猛反撃《もうはんげき》を食《く》らう。

●香里《かおり》クイズ
Q《キュー》．大坂夏《おおさかなつ》の陣《じん》で徳川家康《とくがわいえやす》の陣《じん》に迫《せま》ったのは？
A《エー》　後藤又兵衛《ごとうまたべえ》（基次《もとつぐ》）
B《ビー》　明石掃部《あかしかもん》（全登《たけのり》）
C《シー》　真田幸村《さなだゆきむら》（信繁《のぶしげ》）

そして、なんと！

徳川家康《とくがわいえやす》は真田幸村《さなだゆきむら》（信繁《のぶしげ》）によって討《う》たれてしまう！

家康《いえやす》の討《う》ち死《じ》にをきっかけに、徳川方《とくがわがた》の士気《しき》が下《さ》がってがたがたになり、そのなかで息《むす》子《こ》で二代将軍《だいしょうぐん》の徳川秀忠《とくがわひでただ》も討《う》ち死《じ》にしてしまう！

――そのあとは豊臣将軍《とよとみしょうぐん》が十五代《だい》つづいたが、やがて幕末《ばくまつ》を迎《むか》えたらしい。

わたしの左右《さゆう》からのぞきこんでいた拓《た》っくんも亮平《りょうへい》くんも、深《ふか》いため息《いき》をつく。

亮平《りょうへい》くんがいう。

「関ヶ原《せきがはら》の戦《たたか》いで、小早川秀秋《こばやかわひであき》さんに寝返《ねがえ》らせてもダメだったってこと？　おかしくない？」

わたしは日本史年表《にほんしねんぴょう》を閉《と》じ、ほかの本《ほん》を探《さが》した。

戦国時代《せんごくじだい》の書籍《しょせき》のなかに、こんな一冊《いっさつ》があった。

『敗軍《はいぐん》の将《しょう》　徳川家康伝《とくがわいえやすでん》』

わたしは、すぐに手《て》にとって開《ひら》いた。

関ヶ原《せきがはら》の戦《たたか》いのあたりに目《め》を通《とお》した。そのあたりに書《か》かれていたことによれば、こうだ。

徳川家康《とくがわいえやす》は、なかなか戦《いくさ》に加《くわ》わらない小早川秀秋《こばやかわひであき》にたいして怒《いか》り、松尾山《まつおやま》に鉄砲《てっぽう》を撃《う》たせた。

それでもすぐに秀秋《ひであき》が参戦《さんせん》しなかったため、みずから兵《へい》を連《つ》れて出陣《しゅつじん》。

ところがその途中《とちゅう》で、家康《いえやす》は流《なが》れ弾《だま》を食《く》らって、右足《みぎあし》を負傷《ふしょう》。

結果的《けっかてき》に秀秋《ひであき》が西軍《せいぐん》から寝返《ねがえ》ったことで東軍《とうぐん》は勝利《しょうり》したものの、家康《いえやす》は足《あし》が不自由《ふじゆう》になってしまった。

「ああ。」

わたしは、ため息《いき》をついた。

わたしは、さらにページをめくった。

大坂夏《おおさかなつ》の陣《じん》で、大坂方《おおさかがた》の真田幸村《さなだゆきむら》が家康《いえやす》の陣《じん》に迫《せま》ったとき、脚《あし》が不自由《ふじゆう》なことが祟《たた》り、逃《に》げるのにてまどったのが原因《げんいん》で討《う》たれてしまったという。

「ってことは……。」

わたしは、拓《た》っくんと亮平《りょうへい》くんの顔《かお》を交互《こうご》に見《み》ながら、いった。

「……松尾山《まつおやま》にいる小早川秀秋《こばやかわひであき》さんを、石田三成《いしだみつなり》さんがいる笹尾山《ささおやま》に連《つ》れてきたからいけなかったのよ。だから家康《いえやす》さんの催促《さいそく》にたいする反応《はんのう》が遅《おく》れて、その結果《けっか》、家康《いえやす》さんがいらだって動《うご》き、流《なが》れ弾《だま》にあたってしまったってことよね。」

「つまり、どういうこと？」

拓《た》っくんがきくと、亮平《りょうへい》くんが手《て》をたたいた。

「秀秋《ひであき》さんを松尾山《まつおやま》から動《うご》かしちゃいけなかったんだよ。」

わたしは、亮平《りょうへい》くんがいったことを、もういちど頭《あたま》のなかでくりかえした。

「つまり、わたしたち、三成《みつなり》さんにたいしても、秀秋《ひであき》さんにたいしても、なにもいっちゃいけなかったってこと？」

亮平《りょうへい》くんがうなずく。

「そういうことになるのかも。」

そのとき――。

いきなり、うしろから声《こえ》をかけられた。

――「い、犬《いぬ》を抱《だ》いて入《はい》ったら、あきまへん！」

振《ふ》り返《かえ》ると、黒縁眼鏡《くろぶちめがね》の中年《ちゅうねん》の女性店員《じょせいてんいん》がわたしの腕《うで》のなかのタイムを見《み》ていた。タイムの尻尾《しっぽ》が見《み》えていたらしい。

あの女性店員《じょせいてんいん》だ。

やばっ。

わたしは、女性店員《じょせいてんいん》をはねのけて、走《はし》りだした。

拓《た》っくんと亮平《りょうへい》くんもつづく。

一回目《かいめ》のときより、ほんのわずかに、わたしたちの動《うご》きが遅《おそ》い。

階段《かいだん》を駆《か》けおりる前《まえ》に、女性店員《じょせいてんいん》に追《お》いつかれそうになった。

女性店員《じょせいてんいん》の声《こえ》がすぐうしろから聞《き》こえてくる。

――「待《ま》ちなさい！」

待《ま》てっていわれて待《ま》っている人《ひと》、とくに刑事《けいじ》ドラマで刑事《けいじ》に追《お》われている犯人《はんにん》が「わかりました、待《ま》ちます。」といっているのを見《み》たことがない。

わたしが階段《かいだん》を駆《か》けおりている途中《とちゅう》、うしろで、拓《た》っくんの声《こえ》が聞《き》こえた。

「わっ！　亮平《りょうへい》！　あぶない！」

わたしは肩《かた》ごしに振《ふ》り向《む》いた。

亮平《りょうへい》くんが、拓《た》っくんの背中《せなか》に覆《おお》いかぶさっているところだった。そのまま、拓《た》っくんと亮平《りょうへい》くんがわたしのほうに迫《せま》ってきていた。きっと亮平《りょうへい》くんがつまずいたのだ。

目《め》の前《まえ》が真《ま》っ白《しろ》になった。

11　関《せき》ヶ《が》原《はら》、三度《みたび》！

わたし――遠山香里《とおやまかおり》――は目《め》を開《あ》けた。
目《め》の前《まえ》に黒《くろ》く光《ひか》るもの。つづいてピンク色《いろ》のものが……。
タイムが、わたしの顔《かお》を舐《な》めて起《お》こしてくれているのだ。
霧《きり》が立《た》ちこめるあたりを見《み》まわした。
拓《た》っくんと亮平《りょうへい》くんも倒《たお》れていて、上体《じょうたい》を起《お》こしている。
「クゥ～ン。」
タイムが不安《ふあん》そうな顔《かお》で鳴《な》く。
デジャヴュを通《とお》りこし、わたしは確信《かくしん》していた。
わたしは、拓《た》っくんと亮平《りょうへい》くんに、たしかめるようにいった。

「三度目《どめ》の関ヶ原《せきがはら》よ。」

「マジかよ。」

拓《た》っくんはいらだったような顔《かお》になったけど、亮平《りょうへい》くんはまじめに答《こた》えた。

「まちがいないよ。夏目《なつめ》くんがいってたやつだ。時界《じかい》の壁《かべ》に大《おお》きな穴《あな》があいてしまっているんだよ。」

「直《なお》せるのか？」

拓《た》っくんがきく。

「わからない。でも小早川秀秋《こばやかわひであき》さんが、徳川家康《とくがわいえやす》さんに催促《さいそく》されてすぐに東軍《とうぐん》に寝返《ねがえ》れば、つまり、おれたちがなにもしなかったら、修復《しゅうふく》されるんじゃないかな。」

「ああ。」

拓《た》っくんもわかったらしく、うなずいた。

「つまり、おれたちが歴史《れきし》に手《て》を出《だ》さなければいいんだよな。」

そのとき――。

タイムの耳《みみ》がぴんと立《た》って、うなりはじめた。

「ウウウ。」

次《つぎ》の瞬間《しゅんかん》――。

わたしの目《め》の前《まえ》に槍《やり》の穂先《ほさき》が突《つ》き出《だ》されて、止《と》まった。

もう二回目《かいめ》のときのように、デジャヴュのくりかえしでおどろいたりはしない。

甲冑《かっちゅう》の音《おと》、武具《ぶぐ》の音《おと》、地面《じめん》を踏《ふ》みしめる音《おと》が聞《き》こえる。

島左近《しまさこん》さんだ。

こんどは、わたしは相手《あいて》の名前《なまえ》を口《くち》にするような失敗《しっぱい》は犯《おか》さない。

「子供《こども》が、こんなところでなにをしておる。しかも妙《みょう》な身《み》なりをしておる。」

下手《へた》にしゃべって、歴史《れきし》を変《か》えることになってしまってはいけないから、わたしはできるかぎりだまっていることにした。

「怪《あや》しいやつらめ。――ついてこい。」

わたしたちは、左近《さこん》さんに連《つ》れられて霧《きり》のなかを歩《ある》かされ、さらに左近《さこん》さんの陣《じん》を過《す》ぎ、笹尾山《ささおやま》のクマザサが生《は》えた山道《やまみち》をのぼっていった。

十分《ぷん》ばかりで石田三成《いしだみつなり》さんの陣《じん》に到着《とうちゃく》し、出迎《でむか》えた兵《へい》に案内《あんない》された。

左近《さこん》さんが頭《あたま》を下《さ》げる。

「治部少《じぶのしょう》さま、失礼《しつれい》つかまつる。」

三成《みつなり》さんが、わたしたちの顔《かお》をじろりと見《み》てくる。

「この妙《みょう》な身《み》なりをした子供《こども》たちは、左近《さこん》の子《こ》か。」

「いえ。」

「ちがうと申《もう》すなら、何者《なにもの》じゃ。徳川方《とくがわがた》の間者《かんじゃ》か。」

三成《みつなり》さんが腰《こし》の刀《かたな》を抜《ぬ》いて、振《ふ》りかぶる。

わたしは、ただだまって肩《かた》をすぼめた。

三成《みつなり》さんがいう。

「この三人《にん》を徳川家康《とくがわいえやす》の陣《じん》に連《つ》れていき、家康《いえやす》がこの三人《にん》を知《し》っていれば、徳川方《とくがわがた》の間者《かんじゃ》ということになる。」

亮平《りょうへい》くんがなにかいいたそうにしているのを、拓《た》っくんがなだめているのが聞《き》こえる。

「しっ。」

このまま放《ほう》っておけば、左近《さこん》さんが助《たす》けてくれる。

「治部少《じぶのしょう》さま、お忘《わす》れですか。」

左近《さこん》さんだ。

「いま、われわれは、その徳川家康《とくがわいえやす》を総大将《そうだいしょう》とする徳川方《とくがわがた》と戦《いくさ》をはじめようとしているところですぞ。」

「ふむ。そうであったな。」

過去《かこ》二回《かい》のタイムスリップでは、このあと、わたしたちが身《み》の潔白《けっぱく》を証明《しょうめい》するため、小《こ》早川秀秋《ばやかわひであき》さんが三成《みつなり》さんを裏切《うらぎ》るかもしれないということで、拓《た》っくんと亮平《りょうへい》くんが松尾《まつお》山《やま》に行《い》く展開《てんかい》になるのだ。

でも歴史《れきし》を修正《しゅうせい》するためには、拓《た》っくんと亮平《りょうへい》くんは、松尾山《まつおやま》にいる秀秋《ひであき》さんに会《あ》いにいかず、三成《みつなり》さんがいるこの笹尾山《ささおやま》に残《のこ》っていなければならないのだ。

「どうなさいます?」

左近《さこん》さんが、刀《かたな》を振《ふ》りかぶったままの三成《みつなり》さんにきく。

「うぬ。わしの陣《じん》に、かような子供《こども》が三人《にん》、犬《いぬ》が一匹《ぴき》いることが、わしには理解《りかい》できぬ。いや、ゆるせぬ。」

「妙《みょう》な身《み》なりではありますが、ただの子供《こども》と犬《いぬ》ですぞ。」

「わしの絵図面《えずめん》にはないこと。それがゆるせぬのじゃ。」

やっぱり、三成《みつなり》さんの頭《あたま》のなかには「臨機応変《りんきおうへん》」って言葉《ことば》がないのね。

「では、どうなさるおつもりでございますか。」

左近《さこん》さんがきくと、三成《みつなり》さんがさらに刀《かたな》を振《ふ》りあげながらいった。

「斬《き》る。」

えっ。

そばにいる拓《た》っくんが、身体《からだ》をびくりとさせながらもわたしの前《まえ》に進《すす》み出《で》た。

つづいて亮平《りょうへい》くんも進《すす》み出《で》て、拓《た》っくんのとなりに立《た》つ。

わたしたちの右《みぎ》ななめ前《まえ》に立《た》っている左近《さこん》さんが笑《わら》う。

「女子《おなご》を守《まも》ろうとするなど、たいした心《こころ》がけ。」

だが三成《みつなり》さんは……。

「ええい、斬《き》ってくれる。」

そういいながら、ぐぐっと前《まえ》に進《すす》み出《で》た。

「ま、待《ま》ってください！」

拓《た》っくんだ。

「ぼくたち、なんでもしますから、この陣《じん》に置《お》いてください！」

亮平《りょうへい》くんもいう。

「邪魔《じゃま》にならないように、陣《じん》のすみっこのほうにいますから！」

「ダメだ。わしの目《め》の前《まえ》にいるな。——やはり斬《き》る！」

「治部少《じぶのしょう》さま！」

左近《さこん》さんが止《と》めてくれたときだった。

遠《とお》くでさけび声《ごえ》がし、刀《かたな》がぶつかりあう金属音《きんぞくおん》がし、つづいて悲鳴《ひめい》が聞《き》こえてきた。

関ケ原《せきがはら》の戦《たたか》いがはじまってしまったのだ。

伝令《でんれい》が走《はし》りこんできた。

「徳川方《とくがわがた》の井伊直政隊《いいなおまさたい》が抜《ぬ》け駆《が》け！」

さらに別《べつ》の伝令《でんれい》が走《はし》りこんできた。

「ただいま、徳川方《とくがわがた》の福島正則隊《ふくしままさのりたい》、わが軍《ぐん》の宇喜多秀家隊《うきたひでいえたい》が、ばったり出《で》くわし、衝突《しょうとつ》した模様《もよう》！」

三成《みつなり》さんが、いらつく。

「なにゆえ、きっちりと戦《いくさ》がはじまらんのだ！　抜《ぬ》け駆《が》けだと！　ばったり出《で》くわしただと！　そんな、いい加減《かげん》な戦《いくさ》でどうする！　やりなおせ！　戦《いくさ》をやりなおせ！　戦列《せんれつ》を整《ととの》えなおし、法螺貝《ほらがい》を吹《ふ》き鳴《な》らし、はじめるのだ！　ああ、こんな戦《いくさ》のはじまり方《かた》、じつに気持《きも》ち悪《わる》い！　くそっ。左近《さこん》！　己《おのれ》の陣《じん》にもどれ！」

「はっ！　――ですが、この者《もの》たちは？」

戦場《せんじょう》とわたしたちを交互《こうご》に見《み》ていた三成《みつなり》さんが吐《は》き捨《す》てるようにいった。

「そ、そのへんにいろ！　邪魔《じゃま》をするな！　逃《に》げるなよ！」

とうとう関ヶ原《せきがはら》の戦《たたか》いがはじまった。

わたしとタイムは、ずっと三成《みつなり》さんの陣《じん》にいたわけだから、これで三回目《かいめ》のくりかえしだ。

早朝《そうちょう》から昼《ひる》ごろまで同《おな》じことのくりかえしになる。

でもこれまで二回《かい》、すぐに秀秋《ひであき》さんがいる松尾山《まつおやま》まで走《はし》らされていた拓《た》っくんと亮平《りょうへい》くんにとっては新鮮《しんせん》らしい。

三成《みつなり》さんのかなりうしろのほうに立《た》ち、背伸《せの》びしながら、戦場《せんじょう》のある南《みなみ》のほうに目《め》をやりながら、独《ひと》り言《ごと》をもらしている。

「すげえ。」

歴史《れきし》好《ず》きな亮平《りょうへい》くんにとっては、感慨《かんがい》ひとしおなのだろう。

まさに歴史《れきし》の現場《げんば》、それも天下《てんか》分《わ》け目《め》の関ヶ原《せきがはら》のど真《ま》ん中《なか》にいるのだ。興奮《こうふん》するのもわかる。

でもとくに関ヶ原《せきがはら》の戦《たたか》いそのものに興味《きょうみ》がなさそうな拓《た》っくんは、陣幕内《じんまくない》のすみの木《き》に寄《よ》りかかりながら、亮平《りょうへい》くんのほうをながめている。

その拓《た》っくんが、亮平《りょうへい》くんのほうに近《ちか》づいていった。亮平《りょうへい》くんのT《ティー》シャツの襟《えり》のあたりをつかんで、うしろにひきずる。

おどろいた亮平《りょうへい》くんが肩《かた》ごしに振《ふ》り返《かえ》りながらいう。

「ちょ、た、拓哉《たくや》、なにすんだよ。」

「しっ。」

拓《た》っくんは、右手《みぎて》でＴ《ティー》シャツの襟《えり》のあたりを、左手《ひだりて》で亮平《りょうへい》くんの口《くち》を押《お》さえながら、わたしのほうにひきずってきた。

木陰《こかげ》でようやく亮平《りょうへい》くんから手《て》を放《はな》す。

「拓哉《たくや》、なにすんだよ。おれの楽《たの》しみを奪《うば》うなよ。せっかく関《せき》ヶ《が》原《はら》の戦《たたか》いをこの目《め》で見《み》られてるのにさ。」

「亮平《りょうへい》、よく考《かんが》えろよ。もしまた三成《みつなり》さんに見《み》つかったら、どうするつもりだよ。」

「どういうこと？」

「また秀秋《ひであき》さんを呼《よ》びにいかされるかもしれないんだぜ。そうなったら、また西軍《せいぐん》が勝《か》っちゃうかもしれないんだぜ。それでもいいのかよ。」

「それは、まずいね。」

「このまま放《ほう》っておいたらさ、おれたちが知《し》ってるとおりに、秀秋《ひであき》さんが寝返《ねがえ》って東軍《とうぐん》が勝《か》つんだよ。」

「だね。」

「だったらさ、この陣《じん》から、こっそりいなくなればいいいんじゃないか？」

わたしは拓《た》っくんにきいた。

「でも、この笹尾山《ささおやま》の上《うえ》には、三成《みつなり》さんの部下《ぶか》がいっぱいいるんでしょ。いくら戦《いくさ》の真《ま》っ最中《さいちゅう》っていっても、わたしたち三人《にん》がいっしょに動《うご》けば目立《めだ》つよ。」

亮平《りょうへい》くんが、手《て》をたたく。

「しっ。」

拓《た》っくんが、口《くち》の前《まえ》に人差《ひとさ》し指《ゆび》を立《た》てる。

亮平《りょうへい》くんが思《おも》いついたことをいう。

「だったらさ、いっしょに動《うご》かなきゃいいじゃん。」

「もし、ひとりひとり逃《に》げてる途中《とちゅう》で見《み》つかったら、どうするんだよ。ばらばらになっちゃうじゃん。」

「あ、そうか。」

拓《た》っくんが、また木《き》に寄《よ》りかかった。

立《た》って戦況《せんきょう》を見《み》つめたまま、伝令《でんれい》からの連絡《れんらく》を受《う》けては指示《しじ》をくりかえしている三成《みつなり》さんの背中《せなか》を見《み》つめている。

拓《た》っくんは、この陣《じん》から、どうやって三人《にん》そろって逃《に》げようと思《おも》っているのだろう。わたしだったら、どうするか。

三人《にん》いっしょに逃《に》げたら目立《めだ》つのは、たしかだ。

やっぱり亮平《りょうへい》くんがいうように、ひとりずつ逃《に》げるほうがいいんじゃないだろうか。三《みっ》成《なり》さんに見《み》つかるか見《み》つからないかは、賭《か》けだ。

「どう思《おも》う、タイム。」

わたしはタイムがいる足下《あしもと》を見下《みお》、ろ、し……あれ!?

いない。

タイムの姿《すがた》がどこにもない。

わたしの足下《あしもと》にあるのは、一枚《まい》の紙《かみ》きれだけ。人《ひと》のかたちに切《き》り抜《ぬ》かれた紙《かみ》きれだ。

戦場《せんじょう》の陣内《じんない》で使《つか》うものなのだろうか。

なにかのおまじないかなにか?

それにしても、タイムはどこに行《い》ってしまったのだろう。

「タイム!?」

わたしは、あたりを見《み》まわしながら呼《よ》んだ。

拓《た》っくんと亮平《りょうへい》くんが駆《か》け寄《よ》ってきた。

「大《おお》きな声《こえ》を出《だ》しちゃダメだよ。」

「どうしたの、香里《かおり》ちゃん。」

わたしは、拓《た》っくんと亮平《りょうへい》くんにいった。

「タイムがいないのよ。」

「えっ!?」

ふたりがハモりながら、目《め》をぱちくりさせ、わたしの顔《かお》をのぞきこんでくる。

「な、なに。」

「いるよ……。」

「……タイム。」

拓《た》っくんと亮平《りょうへい》くんが、視線《しせん》を下《した》に向《む》けながらいった。

「えっ!?」

わたしもあわてて視線《しせん》をおろした。

タイムが尻尾《しっぽ》をぶんぶん振《ふ》りながら見上《みあ》げている。

わたしはその場《ば》でしゃがむと、両手《りょうて》でタイムの顔《かお》をはさんで、少《すこ》し乱暴《らんぼう》に頬《ほお》をなでた。

「タイム、どこに行《い》ってたのよー。ああ、びっくりした。タイムスリップした先《さき》で迷子《まいご》になっちゃったら、二度《にど》と会《あ》えないかもしれないんだからね。」

「クゥ〜ン。」

〈ああ、あぶなかった。おいら、ちょっと油断《ゆだん》して、眠《ねむ》っちゃったみたいだ。こんなにんども二十一世紀《せいき》と戦国時代《せんごくじだい》を行《い》ったり来《き》たりしてるだけでも疲《つか》れちゃうんだよな。香里《かおり》さまに、おいらが人形《ひとがた》だってバレなかったかな。〉

タイムは、平安時代《へいあんじだい》の安倍晴明《あべのせいめい》が術《じゅつ》で使《つか》う式神《しきがみ》だった。もとは紙《かみ》にすぎない。その紙《かみ》に晴明《せいめい》が命《いのち》を吹《ふ》きこみ、ふだんは犬《いぬ》に化《ば》けている。

だがタイムは、自分《じぶん》でほかの姿《すがた》に変《か》わる技《わざ》も覚《おぼ》えている。

タイムは照《て》れ隠《かく》しをするように、うしろ足《あし》で耳《みみ》をかっかっかっと掻《か》いてみせた。

12　香里《かおり》ちゃんを奪回《だっかい》せよ！

「おい！　そこ！」

いきなり石田三成《いしだみつなり》さんの声《こえ》がとんできた。

わたし――遠山香里《とおやまかおり》――も、拓《た》っくんも亮平《りょうへい》くんもタイムも身体《からだ》をびくりとさせて、声《こえ》がしたほうを振《ふ》り向《む》いた。

三成《みつなり》さんが、ものすごく、いらついた顔《かお》でのしのし歩《ある》いてくる。

そのいらついた顔《かお》で、いまの戦況《せんきょう》が伝《つた》わってくる。

わたしは、関ケ原《せきがはら》の戦《たたか》い当日《とうじつ》の午前《ごぜん》を二回経験《かいけいけん》しているから、わかる。

いまは一進一退《いっしんいったい》なのだ。

三成《みつなり》さんがいらついているいちばんの理由《りゆう》は、いまになっても松尾山《まつおやま》にいる小早川秀秋《こばやかわひであき》さんが動《うご》かないからだ。

三成《みつなり》さんが、わたしたちに向《む》かってさけぶ。

「目《め》ざわりなやつらめ。三人《にん》そろって松尾山《まつおやま》に行《い》き。金吾中納言《きんごちゅうなごん》を呼《よ》んでこい！」

金吾中納言《きんごちゅうなごん》とは、もちろん秀秋《ひであき》さんのこと。

やっぱり、同《おな》じ展開《てんかい》だ。

この陣《じん》にわたしたちがいること自体《じたい》を快《こころよ》く思《おも》っていないのだ。

わたしたちが、たがいに顔《かお》を見合《みあ》わせていると、三成《みつなり》さんのうしろから声《こえ》をかけてくる人《ひと》がいた。

「治部少《じぶのしょう》さま！」

島左近《しまさこん》さんだ。

左近《さこん》さんは戦況《せんきょう》の報告《ほうこく》に来《き》たらしい。

「その者《もの》たちを三人《にん》とも使《つか》いに出《だ》すと、そのまま逃《に》げるやもしれませぬぞ。人質《ひとじち》です。人《ひと》質《じち》をとるのです。」

三成《みつなり》さんが振《ふ》り向《む》く。

「だれをだ。」

「女子《おなご》がよろしかろうと。」

「よかろう。では女子《おなご》は残《のこ》れ。」

「はい。」

さらに三成《みつなり》さんが拓《た》っくんと亮平《りょうへい》くんにいう。

「おまえたちふたりは、松尾山《まつおやま》に行《い》け。」

「なあ、拓哉《たくや》。これじゃ、これまで二回《かい》と同《おな》じ展開《てんかい》だよ。」

あたりには大筒《おおづつ》の音《おと》が轟《とどろ》き、銃声《じゅうせい》が響《ひび》き、刀《かたな》と刀《かたな》がぶつかりあう金属音《きんぞくおん》、さらに兵《へい》たちの声《こえ》や悲鳴《ひめい》が聞《き》こえてきている。

戦場《せんじょう》のすみのほうで人目《ひとめ》につかない木陰《こかげ》に立《た》ったまま、ぼく——堀田亮平《ほったりょうへい》——は拓哉《たくや》にいった。

三成《みつなり》さんのいうとおりに、秀秋《ひであき》さんを笹尾山《ささおやま》に連《つ》れてこなければ人質《ひとじち》にとられている香《か》里《り》ちゃんとタイムは殺《ころ》されてしまうかもしれない。

香里《かおり》ちゃんとタイムを殺《ころ》させないために、秀秋《ひであき》さんを笹尾山《ささおやま》に連《つ》れていったら、三成《みつなり》さんに味方《みかた》につくように説得《せっとく》される。

そのまま味方《みかた》すれば、また西軍《せいぐん》が勝《か》ってしまうことになる。

拓哉《たくや》がいう。

「亮平《りょうへい》、わかってるよ。どうすればいいか考《かんが》えてるんだ。」

拓哉《たくや》が独《ひと》り言《ごと》をいうようにつぶやく。

「香里《かおり》ちゃんとタイムを助《たす》けなきゃいけないし、小早川秀秋《こばやかわひであき》さんも笹尾山《ささおやま》に連《つ》れていっちゃいけない。前回《ぜんかい》、笹尾山《ささおやま》に連《つ》れていく前《まえ》に、西軍《せいぐん》に味方《みかた》しないように説得《せっとく》して歴史《れきし》どおりに寝返《ねがえ》らせたけど……。」

「大坂夏《おおさかなつ》の陣《じん》で、真田幸村《さなだゆきむら》さんが徳川家康《とくがわいえやす》さんを討《う》ってしまった……。」

「そう。だから、おれたちはなにもしちゃいけないんだ。」

「わかってる。」

「だから、おれたちは……。」

拓哉《たくや》が松尾山《まつおやま》のほうを見《み》やる。

「秀秋《ひであき》さんには、悩《なや》んだ末《すえ》、史実《しじつ》どおりに家康《いえやす》さんの催促《さいそく》にビビって東軍《とうぐん》に寝返《ねがえ》ってもらい……。」

そして笹尾山《ささおやま》のほうを振《ふ》り向《む》く。

「これから、こっそり香里《かおり》ちゃんとタイムを奪還《だっかん》に行《い》く。」

拓哉《たくや》の目《め》は真剣《しんけん》だった。

「よっしゃ。で、どうする。」

「笹尾山《ささおやま》の裾野《すその》から、三成《みつなり》さんの陣《じん》に通《つう》じるあの道《みち》は、もちろん通《とお》らない。」

ぼくたちが、これまでに三度《ど》、左近《さこん》さんに連《つ》れられてのぼり、これまでに二度《ど》、秀秋《ひであき》さんの馬《うま》で駆《か》けあがった山道《やまみち》のことだ。

「山道《やまみち》以外《いがい》のところをのぼるんだな。よっしゃ。」

「おい。」

拓哉《たくや》が苦笑《にがわら》いしながら、いう。

「おれはだいじょうぶだけど、亮平《りょうへい》、おまえはだいじょうぶなのかよ。」

「がんばるよ。」

「じゃ、行《い》こう。」

拓《た》っくんと亮平《りょうへい》くんが、三成《みつなり》さんの命令《めいれい》で陣《じん》を離《はな》れて、この笹尾山《ささおやま》を下《お》り、松尾山《まつおやま》に向《む》かったあと、わたし——遠山香里《とおやまかおり》——は、さきほどからいる陣内《じんない》のすみに生《は》える木《き》の根《ね》っこにすわっていた。

三成《みつなり》さんが、わたしたち子供《こども》が陣《じん》にいることを嫌《きら》っているからだ。

大筒《おおづつ》、鉄砲《てっぽう》、刀《かたな》の音《おと》がするなか、わたしは、どうすれば歴史《れきし》が変《か》わらないですむかを、ずっと考《かんが》えていた。

拓《た》っくん、亮平《りょうへい》くん、松尾山《まつおやま》には行《い》かないで。行《い》ってしまったら、秀秋《ひであき》さんにどう説得《せっとく》しても、結果的《けっかてき》には豊臣幕府《とよとみばくふ》が出現《しゅつげん》し、大阪《おおさか》が首都《しゅと》になってしまうことになる。

拓《た》っくんと亮平《りょうへい》くんが松尾山《まつおやま》に行《い》かず、手《て》ぶらで帰《かえ》ってくるしかない。

でも、ここで拓《た》っくん、亮平《りょうへい》くん、わたしとタイムが殺《ころ》されるわけにもいかない。ねえ、タイム。

「あれ？」

あたりを見《み》まわしたけど、タイムの姿《すがた》がどこにもなかった。

バサバサッ！

大筒《おおづつ》や銃弾《じゅうだん》をよけながら、一羽《わ》のカラスが頭上《ずじょう》を飛《と》んでいるのが見《み》えた。

拓哉《たくや》といっしょに笹尾山《ささおやま》の山道《やまみち》ではない斜面《しゃめん》をよじのぼっていたぼく――堀田亮平《ほったりょうへい》――は、空《そら》を見上《みあ》げた。

「カラスだ。」

「亮平《りょうへい》、いいから、気《き》をゆるめるな。滑《すべ》り落《お》ちるぞ。」

「わかってる。――あっ。」

気《き》がついたときには――。

ザザザザザ。

ぼくは斜面《しゃめん》を何《なん》メートルも滑《すべ》り落《お》ちていた。

クマザサが顔《かお》、腕《うで》、半《はん》ズボンの足《あし》にひっかかって、痛《いた》かった。きっと、みみず腫《ば》れがいくつもできているはずだ。

――「いま、ヘンな音《おと》がしなかったか。」
――「敵兵《てきへい》か。」
どこかで兵《へい》の声《こえ》が聞《き》こえた。
まずい！
ぼくは、斜面《しゃめん》にはいつくばったまま、頭《あたま》を下《さ》げてじっとしていた。
兵《へい》たちの足音《あしおと》がする。
音《おと》の聞《き》こえ方《かた》からすると、おそらく五メートルくらい離《はな》れたところに兵《へい》たちがいる。
――「見《み》つけしだい、討《う》て。」
――「承知《しょうち》。」
ぼくは息《いき》をひそめた。
クマザサをかきわける音《おと》が少《すこ》しずつ大《おお》きくなる。
見《み》つかったら殺《ころ》される！
四メートル……三メートル……二メートル……。
ああ！

拓哉《たくや》は細《ほそ》いから見《み》えないかもしれないけど、ぼくはでかい。伏《ふ》せていても、背中《せなか》は見《み》えているかもしれない。

そのとき——。

カサカサカサ。

遠《とお》くのクマザサのあいだをなにかが走《はし》る音《おと》がした。

——「おい、なにかいるぞ！」

——「野兎《のうさぎ》か？　野鼠《のねずみ》か？」

——「わからん。」

——「まさか蛇《へび》か。」

えっ！　蛇《へび》っ!?

——「わからん。とにかく敵兵《てきへい》だったら、えらいことだ。見《み》つけろ！」

ぼくはドキドキして、心臓《しんぞう》が口《くち》から出《で》てしまいそうだった。

わずか二メートルのところまで接近《せっきん》していた兵《へい》が遠《とお》ざかっていく。

「はあ。」

ぼくは、大《おお》きく息《いき》を吐《は》いた。

「おーい、亮平《りょうへい》ぃー。だいじょーぶかぁー。」

拓哉《たくや》が呼《よ》ぶ声《こえ》が聞《き》こえてきた。

ぼくも声《こえ》を返《かえ》した。

「だいじょーぶだーっ。」

「早《はや》く、上《あ》がってこーいっ。」

「りょーかーいっ。」

兵《へい》が遠《とお》ざかったからといって、立《た》ち上《あ》がってのぼるわけにはいかない。

ぼくは、斜面《しゃめん》をはいあがった。

両手《りょうて》でとらえ、クマザサをかきわける。

クマザサが襲《おそ》ってくるから、顔《かお》を伏《ふ》せる。

両手《りょうて》、両足《りょうあし》が汚《よご》れることなど考《かんが》える余裕《よゆう》はない。

拓哉《たくや》も伏《ふ》せたまま、待《ま》っていてくれた。

ぼくは小声《こごえ》できいた。

「さっきの兵《へい》は？」

「いなくなったみたいだ。行《い》くぞ。」

「了解《りょうかい》。」

また拓哉《たくや》とぼくは斜面《しゃめん》をはって、よじのぼりはじめた。

そのとき――。

カサ、カサカサ。

ぼくたちの前方《ぜんぽう》でクマザサのゆれる音《おと》がした。

拓哉《たくや》の動《うご》きが止《と》まる。

ぼくも動《うご》きを止《と》めた。

だれかいる。

野兎《のうさぎ》？　野鼠《のねずみ》？　それとも蛇《へび》？

じゃなかったら、兵《へい》？

拓哉《たくや》もぼくも、じっと息《いき》をひそめていた。

ガサ、ガサガサ。

クマザサのゆれる音《おと》が大《おお》きくなった。

来《く》る！

クマザサのあいだから、なにかが出《で》てきた！

それと目《め》が合《あ》った。

「タイム！」

拓哉《たくや》とぼくはハモった。

さっきから聞《き》こえてきた音《おと》は、タイムが走《はし》ることで発生《はっせい》したものだったのだ。

拓哉《たくや》がタイムに小声《こごえ》できく。

「タイム、おれたちを捜《さが》しにきてくれたのか。」

「ワン！」

タイムが小《ちい》さな声《こえ》で吠《ほ》える。

「タイム、三成《みつなり》さんの陣《じん》まで、いや、香里《かおり》ちゃんがいるところまで案内《あんない》してくれるっていうのか。」

「ワン！」

タイムがまた小《ちい》さく吠《ほ》えると、回《まわ》れ右《みぎ》をした。

ゆっくり歩《ある》いていき、いったん止《と》まり、肩《かた》ごしに振《ふ》り返《かえ》る。

「おいで。」といっているのだ。

タイムが、また、ゆっくりと歩《ある》きだす。

拓哉《たくや》とぼくはつづいた。

タイムは、ときどき振《ふ》り返《かえ》って、拓哉《たくや》とぼくのスピードをたしかめる。

遠《とお》くに兵《へい》が見《み》えたり、どこからか兵《へい》の声《こえ》が聞《き》こえたりすると、タイムも動《うご》きを止《と》める。

いつかタイムスリップした平安時代《へいあんじだい》から二十一世紀《せいき》についてきてからのつきあいで、タイムが人《ひと》の声《こえ》を聞《き》いて、理解《りかい》していることは、拓哉《たくや》もぼくも知《し》っている。とくにタイムと香里《かおり》ちゃんのあいだには、ちゃんと意思疎通《いしそつう》ができている。

途中《とちゅう》で、兵《へい》たちにバレないように、休《やす》み休《やす》みのぼっていき、勘《かん》でそろそろかなと思《おも》っていたら、タイムが足《あし》を速《はや》めた。

拓哉《たくや》が動《うご》こうとすると、タイムが肩《かた》ごしに振《ふ》り向《む》いた。

ぼくが前《まえ》に出《で》ようとすると、拓哉《たくや》に止《と》められた。

「ん？」

「タイムは、香里《かおり》ちゃんを呼《よ》びにいったんだと思《おも》う。」

「香里《かおり》ちゃんを呼《よ》びに？」

「たぶん。振《ふ》り向《む》いたとき、タイムがそういったような気《き》がしたんだ。」

拓哉《たくや》とぼくはクマザサのなかで待《ま》ちつづけた。


わたし——遠山香里《とおやまかおり》——は、木《き》の根《ね》っこにすわって、周囲《しゅうい》を見《み》わたしていた。立《た》ち上《あ》がってタイムを捜《さが》すと、目立《めだ》ってしまい、三成《みつなり》さんになにをいわれるかわからないからだ。

カサ、カサカサ。

わたしが振《ふ》り向《む》くと、陣幕《じんまく》の隙間《すきま》からクマザサが見《み》えた。そのクマザサのなかからタイムがひょいと顔《かお》を出《だ》す。

わたしと目《め》が合《あ》う。

タイムは、あたりをうかがうと、これ以上《いじょう》ないというほど低《ひく》い姿勢《しせい》を保《たも》ちながら、そーっと近《ちか》づいてくる。

わたしは目《め》でタイムにきいた。

〈ねえ、どこに行《い》ってたの？〉

タイムの足《あし》の運《はこ》び方《かた》は、まるで獲物《えもの》に近《ちか》づくネコのようだ。

〈どうしたの？〉

タイムは、わたしのすぐそばまで近《ちか》づくと、わたしが着《き》ているシャツのすそを噛《か》んできた。

〈なにすんの？〉

タイムは、前足《まえあし》とうしろ足《あし》で踏《ふ》ん張《ば》りながら、わたしのシャツを引《ひ》っぱりはじめた。

〈来《こ》いっていってる？〉

タイムは、シャツから口《くち》を放《はな》すと、一歩《ぽ》、二歩《ほ》、あとずさってから、わたしの顔《かお》をじーっと見上《みあ》げてきた。

やっぱりそうだ。わたしを呼《よ》んでるんだ。

わたしは、正面遠《しょうめんとお》くに、こちらに背中《せなか》を向《む》けて立《た》っている三成《みつなり》さんのほうを、そっとうかがった。

いま現在《げんざい》、三成《みつなり》さんは、戦《いくさ》の指揮《しき》に忙《いそが》しそうにしている。

それもそのはず。

あたりでは大筒《おおづつ》、鉄砲《てっぽう》、刀《かたな》の音《おと》がやむことはない。

木《き》の根《ね》っこにすわっていたわたしは、そーっと立《た》ち上《あ》がった。

三成《みつなり》さんは気《き》づいていない。ほかの兵《へい》たちも、自分《じぶん》のことでせいいっぱいらしい。

わたしは、三成《みつなり》さんたちから目《め》をそらさないようにしながら、木《き》から離《はな》れると、陣幕《じんまく》の隙間《すきま》をすりぬけた。そして、ゆっくり回《まわ》れ右《みぎ》をしようとしたときだった。

——「あっ！」

——「女子《おなご》がっ！」

——「治部少《じぶのしょう》さま！」

まずい！　早《はや》くしなきゃ！

わたしが回《まわ》れ右《みぎ》をしようと、爪先《つまさき》の方向《ほうこう》を変《か》えようとしたとき、ほんの一瞬《いっしゅん》、陣幕内《じんまくない》にいる三成《みつなり》さんと目《め》が合《あ》った。

その目《め》は、おどろいているというより、はっきりいって怒《おこ》っていた。
わたしは回《まわ》れ右《みぎ》をした。
タイムはすでに回《まわ》れ右《みぎ》をしおえて、クマザサのほうへ走《はし》っていっている。
背後《はいご》から、三成《みつなり》さんの声《こえ》が聞《き》こえてくる。
──「追《お》え！　あの女子《おなご》を追《お》え！　逃《に》がすな！」
わたしは、タイムを追《お》って走《はし》った。
タイムが走《はし》ったあとに、カラスの羽《はね》が落《お》ちているのが見《み》えた。
カラス？　なに？　どうして？
ま、いいか。
わたしは、タイムにつづいて、クマザサのやぶに飛《と》びこんだ。
「わっ！　きゃっ！」
ここが斜面《しゃめん》だってことを忘《わす》れていた。
ザザザザザ。
そのまま斜面《しゃめん》を滑《すべ》りおりていく。

ううん、ちがう。滑《すべ》りおりているというより、滑《すべ》り落《お》ちているといったほうがいいかもしれない。

すぐそばに、ぐるぐる回転《かいてん》しているタイムが見《み》えた。

途中《とちゅう》で、わたしの身体《からだ》は、なにかにぶつかった。

「わっ！」

「ぎゃっ！」

男《おとこ》の子《こ》の声《こえ》！

これは、拓《た》っくんと亮平《りょうへい》くんの声《こえ》!?

わたしとタイムだけじゃなく、拓《た》っくんと亮平《りょうへい》くんもいっしょになって、三人《にん》と一匹《ぴき》で団子状態《だんごじょうたい》のまま転《ころ》がり落《お》ちていった。

13　黒《くろ》ずくめの男《おとこ》たち

気《き》がついたときには、わたし——遠山香里《とおやまかおり》——たちは、どこかの地面《じめん》の上《うえ》に尻《しり》もちをついた姿勢《しせい》になっていた。

目《め》を回《まわ》していた。

頭《あたま》の上《うえ》で小鳥《ことり》がぐるぐる飛《と》んでるかんじがしていた。

右《みぎ》どなりでは拓《た》っくんが、左《ひだり》どなりでは亮平《りょうへい》くんが、そして、わたしの前《まえ》ではタイムが目《め》を回《まわ》しているのが見《み》えた。

わたしは、目《め》が回《まわ》りながらも、なんとか立《た》ち上《あ》がろうした。

両手《りょうて》を地面《じめん》につき、両足《りょうあし》で踏《ふ》ん張《ば》った。

「た、拓《た》っくん、りょ、亮平《りょうへい》くん、た、タイム、がんばって。」

立《た》つのよ！

そういおうとしたとき、後方《こうほう》から足音《あしおと》が迫《せま》っているのが聞《き》こえてきた。

石田三成《いしだみつなり》さんと家臣《かしん》たちにちがいない。

わたしは、まだ、ぼーっとしている仲間《なかま》たちに声《こえ》をかけた。

「拓《た》っくん！　亮平《りょうへい》くん！　タイム！」

はじめに目《め》を覚《さ》ましたのはタイムだった。

タイムがあたりをきょろきょろしてから、わたしたちの後方《こうほう》に目《め》をやる。

目《め》を見開《みひら》き、全身《ぜんしん》が総毛立《そうけだ》つほど、おどろいている。

「ひっ！」

三成《みつなり》さんと家臣《かしん》たちが、すぐそこまで迫《せま》っているのだ。

「ワ、ワン！」

タイムが吠《ほ》えると、拓《た》っくんが目《め》を覚《さ》ました。

わたしは、まだ、うつろな亮平《りょうへい》くんの左腕《ひだりうで》をつかんで立《た》たせた。

目《め》を覚《さ》ました拓《た》っくんも、亮平《りょうへい》くんの右腕《みぎうで》をつかんで立《た》たせる。

「亮平《りょうへい》、目《め》を覚《さ》ませ！」

わたしと拓《た》っくんは、亮平《りょうへい》くんの腕《うで》をつかんで走《はし》った。

タイムは、わたしたちの前《まえ》を走《はし》っている。

そのとき、わたしたちの背後《はいご》から三成《みつなり》さんの声《こえ》が聞《き》こえてきた。

――「何者《なにもの》！」

わたしは肩《かた》ごしに振《ふ》り向《む》いた。

「ええっ！」

わたしにつづいて、拓《た》っくんと亮平《りょうへい》くんも振《ふ》り向《む》いた。

亮平《りょうへい》くんは目《め》が覚《さ》めたらしく、大声《おおごえ》でさけんだ。

「あれ、だれだよ！」

拓《た》っくんも首《くび》をかしげる。

「知《し》らねえよ！　でもさ、あの格好《かっこう》！」

そう。

黒《くろ》いスーツ、黒《くろ》いシャツ、黒《くろ》いネクタイをまとい、黒《くろ》のサングラスをかけた男《おとこ》三人《にん》がわたしたちを追《お》いかけてくるのだ。

ひとりは背《せ》が高《たか》い。ひとりは背《せ》が低《ひく》い。ひとりは太《ふと》めで体格《たいかく》がいい。

あの三人《にん》は！

わたしたちがタイムトリップする前《まえ》、音羽《おとわ》の森《もり》で見《み》かけた、あの三人《にん》だ！

タイムパトロール！　まちがいない！

そのタイムパトロール三人《にん》を、さらに三成《みつなり》さんたちが追《お》いかけてきているのだ。

——「あの子《こ》らを、おぬしらに渡《わた》すわけにはいかん！」

——「…………」

振《ふ》り向《む》くと、三成《みつなり》さんたちがタイムパトロール三人《にん》を捕《つか》まえようとしているのが見《み》えた。

兵《へい》たちが刀《かたな》を抜《ぬ》いて斬《き》りかかるが、タイムパトロール三人《にん》は器用《きよう》によけ、足蹴《あしげ》にして相《あい》手《て》を転《ころ》がし、また走《はし》る。

鎧《よろい》を着《き》ていないぶん、速《はや》く走《はし》れる。

わたしたちとタイムパトロールの距離《きょり》、いま五十メートルくらい。

三成《みつなり》さんが、追《お》う兵《へい》たちを止《と》めたかと思《おも》うと、数人《すうにん》に鉄砲《てっぽう》を構《かま》えさせた。
ええっ！
――「撃《う》て。だが当《あ》てるなよ。子供《こども》は撃《う》つな。脅《おど》すにとどめよ。」
銃声《じゅうせい》が響《ひび》く。
「ひっ！」
わたしたちは、両手《りょうて》で頭《あたま》を押《お》さえながら走《はし》りつづけた。
でも……。
命中《めいちゅう》させるつもりはなくても、怖《こわ》いものは怖《こわ》い。
わたしたち三人《にん》も無事《ぶじ》、タイムも無事《ぶじ》。
うしろを見《み》ると、タイムパトロール三人《にん》も無事《ぶじ》。
弾《たま》は命中《めいちゅう》していない。
戦国時代《せんごくじだい》の鉄砲《てっぽう》は弾《たま》が届《とど》く距離《きょり》が短《みじか》いうえに、命中率《めいちゅうりつ》が低《ひく》いのだ。
タイムパトロール三人《にん》は、ますます走《はし》る速度《そくど》を上《あ》げている。
わたしたちとの距離《きょり》がどんどん縮《ちぢ》まっている。

いまは二十五メートルくらい。ちょうど学校《がっこう》のプールのタテの長《なが》さくらい。

このままじゃ、ぜったい追《お》いつかれる。

そう思《おも》って、また肩《かた》ごしに振《ふ》り向《む》いたときだった。

横《よこ》のほうから、だれかが飛《と》び出《だ》してきたと思《おも》ったら、なにかを振《ふ》り回《まわ》した。

よく見《み》ると、島左近《しまさこん》さんだった。

走《はし》ってきた左近《さこん》さんが長《なが》い槍《やり》を、ぶんっ、と振《ふ》り回《まわ》したのだ。

三成《みつなり》さんの家臣《かしん》だから、駆《か》けつけたのだ。

振《ふ》り回《まわ》された槍《やり》が、タイムパトロール三人《にん》の足下《あしもと》を払《はら》う。

まとめて足下《あしもと》をすくわれると思《おも》ったら、タイムパトロール三人《にん》は、まるで大縄《おおなわ》とびでもするかのように、ひょいっ、と跳《と》んだ。

そして着地《ちゃくち》すると、左近《さこん》さんが槍《やり》を振《ふ》るまでのあいだに走《はし》り、わたしたちとの距離《きょり》をどんどん縮《ちぢ》めていく。

いまは十五メートルくらい。学校《がっこう》の二十五メートルプールのヨコの長《なが》さくらい。

このままでは捕《つか》まるのは時間《じかん》の問題《もんだい》だった。

わたしは、拓《た》っくんと亮平《りょうへい》くんに向《む》かってさけんだ。

「速《はや》く！　もっと速《はや》く！」

「わかってる！」

「わ、わかってる、けど。」

三人《にん》のなかでは、わたしがいちばん足《あし》が速《はや》い。次《つぎ》は、あまり大差《たいさ》ないけど拓《た》っくん。いちばん遅《おそ》いのは亮平《りょうへい》くんだ。

「ワン！」

先頭《せんとう》を走《はし》りながら、タイムが振《ふ》り向《む》き、亮平《りょうへい》くんに向《む》かって吠《ほ》える。

「わかってるよ！」

ただ、わたしには気《き》がかりなことがあった。

笹尾山《ささおやま》から走《はし》ってきたわたしたちは、どうやら、まっすぐ南《みなみ》に向《む》かって走《はし》っているらしい。

まだ晴《は》れきっていない霧《きり》のなか、大筒《おおづつ》、鉄砲《てっぽう》、刀《かたな》の音《おと》がどんどん大《おお》きくなっているのだ。

タイムパトロールは十メートルくらい後方《こうほう》まで迫《せま》っている。
前方《ぜんぽう》の霧《きり》のあいだから、馬《うま》や兵《へい》たちの姿《すがた》がいきなり姿《すがた》をあらわした。
刀《かたな》で斬《き》り合《あ》っている。
ちょ、ちょっと、あぶない！
そのときだった。
前方《ぜんぽう》から一頭《とう》の馬《うま》が走《はし》ってくる。
わたしたちは、あわてて足《あし》を止《と》めた。
わっ、ぶつかる！
と思《おも》ったら、馬《うま》がジャンプした。
わたしたちは、馬《うま》の動《うご》きにつられるように見上《みあ》げた。
まるでスローモーション映像《えいぞう》を見《み》ているようなかんじだった。
馬《うま》に乗《の》っている武将《ぶしょう》が見《み》えた。
赤黒《あかぐろ》いかんじの鎧《よろい》、金色《きんいろ》の真《ま》ん中《なか》が少《すこ》しくびれた板《いた》のようなものがうしろに立《た》った兜《かぶと》、
その兜《かぶと》の前《まえ》には幅広《はばひろ》の剣《けん》のようなものがついている。しかも赤《あか》い陣羽織《じんばおり》……。

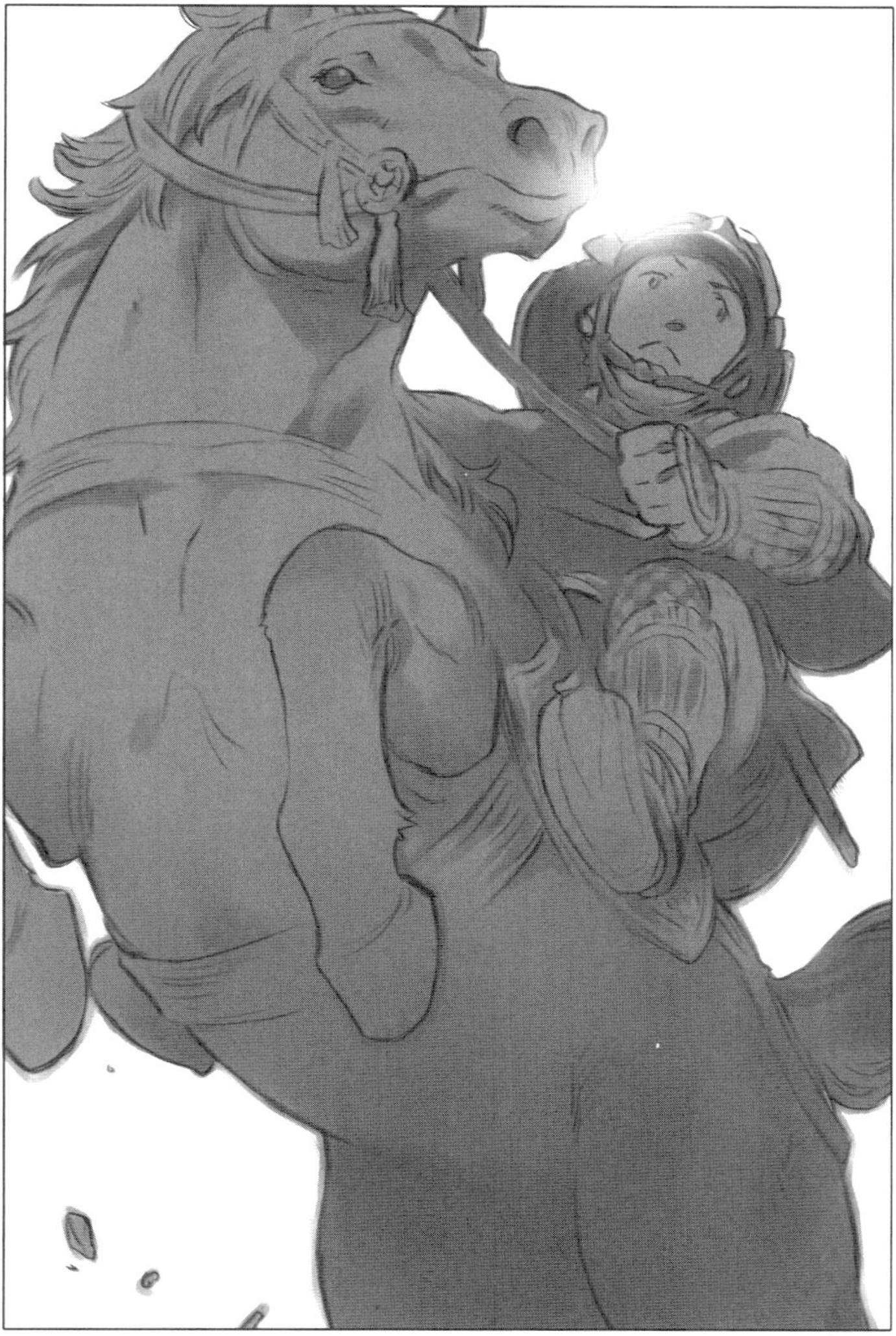

見覚《みおぼ》えがあった。

三成《みつなり》さんの陣《じん》に駆《か》けつけてきたときに見《み》たのだ。

小早川秀秋《こばやかわひであき》さんだ！

わたしたちの頭上《ずじょう》を飛《と》び越《こ》えた馬《うま》が着地《ちゃくち》した。

ちょうど、わたしたちとタイムパトロールのあいだだ。

馬上《ばじょう》の秀秋《ひであき》さんが、追《お》ってくる三成《みつなり》さんたちに向《む》かってさけんだ。

「松尾山《まつおやま》から見《み》ておったら、戦場《せんじょう》に見慣《みな》れぬ子供《こども》が三人走《にんはし》り、治部少殿《じぶのしょうどの》の『大一大万大吉《だいいちだいまんだいきち》』の旗印《はたじるし》をかかげたおとなたちが追《お》いかけておった！　おとなが子供《こども》を追《お》いかける、しかも戦場《せんじょう》で追《お》いかけるなど言語道断《ごんごどうだん》！　これが豊臣方《とよとみがた》の正体《しょうたい》ですか！」

遠《とお》くから、黒《くろ》ずくめのタイムパトロール三人《にん》が、秀秋《ひであき》さんの乗《の》った馬《うま》をそっと迂回《うかい》し、わたしたちのほうに向《む》かって走《はし》ってくるのが見《み》えた。

真《ま》ん中《なか》が背《せ》の高《たか》い人《ひと》、向《む》かって右《みぎ》が背《せ》の低《ひく》い人《ひと》、左《ひだり》が太《ふと》った人《ひと》。

秀秋《ひであき》さんも、三成《みつなり》さんも、左近《さこん》さんも、わたしたちのほうを、少《すこ》し呆然《ぼうぜん》としたかんじで見《み》ていた。

なんていうか、まるで異世界《いせかい》のものでも見《み》ているようなかんじ。
そのとき――。
関ヶ原《せきがはら》の空《そら》が、かき曇《くも》った。
ぴかっ、と光《ひか》ったかと思《おも》うや、ゴロゴロと音《おと》が鳴《な》り響《ひび》き、雷《かみなり》が落《お》ちた。
後方《こうほう》の笹尾山《ささおやま》に落雷《らくらい》し、木《き》が燃《も》えながら倒《たお》れるのが見《み》えた。
さらに雷《かみなり》がわたしたちの頭上《ずじょう》に落《お》ちてきた。
拓《た》っくんと亮平《りょうへい》くんが、わたしを守《まも》るように立《た》ちはだかった。
タイムがわたしの足《あし》にしがみつく。
目《め》の前《まえ》が真《ま》っ白《しろ》になった。

14　二十一世紀《せいき》へ逃走中《とうそうちゅう》!?

わたし――遠山香里《とおやまかおり》――は地面《じめん》にすわっていた。
タイムを抱《だ》いて立《た》ち上《あ》がり、周囲《しゅうい》を見《み》まわした。
音羽《おとわ》の森《もり》だ。
関ヶ原《せきがはら》の戦《たたか》いから二十一世紀《せいき》に二度《ど》もどったときと同《おな》じ。
これで三度目《どめ》の音羽《おとわ》の森《もり》だ。
拓《た》っくんと亮平《りょうへい》くんも立《た》ち上《あ》がって、わたしのほうに近《ちか》づいてくる。
そのとき、わたしの近《ちか》くを、ジョギングをしている女《おんな》の人《ひと》がふたり通《とお》りすぎていった。
ふたりの会話《かいわ》が聞《き》こえてくる。
――「ねえ、このあと、どこでシャワー浴《あ》びる？」

——「そうね、音羽商店街《おとわしょうてんがい》のスーパー銭湯《せんとう》は？」

こんどはデジャヴュじゃない。

ちゃんと道行《みちゆ》く人《ひと》がしゃべっているのは、わたしたちが知《し》っている標準語《ひょうじゅんご》だ。

拓《た》っくんがあたりを見《み》ながら安堵《あんど》のため息《いき》をつく。

「タイムパトロールが追《お》ってこなくてよかったな。」

「んだ、んだ。」

亮平《りょうへい》くんがうなずく。

「そうだ！」

わたしは手《て》をたたいて、ふたりにいった。

「『TATSUYA《タツヤ》』行《い》かなきゃ！　つきあって！」

わたしは走《はし》りはじめた。

拓《た》っくんと亮平《りょうへい》くんもついてくる。

でも亮平《りょうへい》くんが愚痴《ぐち》をこぼす。

「また走《はし》るわけ？」

音羽《おとわ》の森《もり》のなかを走《はし》っている途中《とちゅう》で、見《み》たことがある老夫婦《ろうふうふ》とすれちがった。

——「なあ、もう歩《ある》かなくていいんじゃないかな。」

——「だめよ、だめ。まだ歩《ある》きだしたばっかりじゃないの。退職《たいしょく》したら歩《ある》くっていったのは、あなたよ。」

——「そうだったかなあ。」

聞《き》こえてきたのは、わたしたちが知《し》っている標準語《ひょうじゅんご》だった。

あとは、関ヶ原《せきがはら》の戦《たたか》いの結果《けっか》と、そのあとの歴史《れきし》の流《なが》れをたしかめなければならなかった。

わたしたちは音羽《おとわ》の森《もり》を出《で》て、坂道《さかみち》を下《お》りていった。

あたりは、すでに暗《くら》くなりかけている。

音羽商店街《おとわしょうてんがい》に入《はい》ったとき、一陣《いちじん》の風《かぜ》が吹《ふ》いた。

このあと新聞紙《しんぶんし》が舞《ま》うはず。

来《き》た！

わたしは、顔《かお》にかぶさる前《まえ》に新聞紙《しんぶんし》を手《て》につかんで、広《ひろ》げた。

——「東京都知事《とうきょうとちじ》、経費《けいひ》を私的流用《してきりゅうよう》！」

——「またも都知事選挙《とちじせんきょ》！」

——「都民《とみん》の声《こえ》『首都《しゅと》は都知事《とちじ》のものじゃない！』」


首都《しゅと》は東京《とうきょう》、標準語《ひょうじゅんご》は東京語《とうきょうご》を基本《きほん》にした言葉《ことば》になってる、というか、もどってる！

視界《しかい》の端《はし》に「東京都市銀行《とうきょうとしぎんこう》」の文字《もじ》が見《み》える。あれっ!? はじめに関ヶ原《せきがはら》の戦《たたか》いにタイムトリップする前《まえ》、ここにあった銀行名《ぎんこうめい》は、たしか「浪速都市銀行《なにわとしぎんこう》」だったはず。ああ、そうか、もうあの時点《じてん》で時界《じかい》の壁《かべ》に穴《あな》があいた影響《えいきょう》が出《で》ていたのか……。

わたしは商店街《しょうてんがい》を走《はし》った。「ボクのイタリアン！」の文字《もじ》が見《み》える。

わたしは左手《ひだりて》でタイムを抱《だ》いたまま「TATSUYA《タツヤ》」に駆《か》けこんだ。階段《かいだん》を駆《か》けあがり、二階《かい》の書店《しょてん》フロアに入《はい》った。

歴史関連《れきしかんれん》の書籍《しょせき》が並《なら》ぶコーナーに急《いそ》ぎ、見覚《みおぼ》えがある日本史年表《にほんしねんぴょう》を手《て》にとると、すぐに関ヶ原《せきがはら》の戦《たたか》いのページを開《ひら》いた。

一六〇〇年《ねん》　関《せき》ヶ原《がはら》の戦《たたか》い。

その結果《けっか》——。

関《せき》ヶ《が》原《はら》の戦《たたか》いは徳川家康《とくがわいえやす》さん率《ひき》いる東軍《とうぐん》が勝利《しょうり》。逃走《とうそう》した石田三成《いしだみつなり》さんたちは捕《つか》まって処刑《しょけい》されていた。西軍《せいぐん》は、小早川秀秋《こばやかわひであき》さんに裏切《うらぎ》られ、東軍《とうぐん》に寝返《ねがえ》られていた。

あのとき、わたしたちを追《お》いかけていた三成《みつなり》さんにたいして、秀秋《ひであき》さんはめちゃくちゃ怒《おこ》っていた。

動機《どうき》やきっかけはともかく、ちゃんと寝返《ねがえ》ってくれたらしい。

わたしは年表《ねんぴょう》のページをめくっていった。

一六〇三年《ねん》　徳川家康《とくがわいえやす》が征夷大将軍《せいいたいしょうぐん》に任《にん》ぜられる。
江戸幕府《えどばくふ》が開《ひら》かれる。

さらに、ずっとページをめくっていった。

一八五三年《ねん》　浦賀《うらが》にペリー来航《らいこう》。

一八六七年《ねん》　大政奉還《たいせいほうかん》。

坂本龍馬《さかもとりょうま》が近江屋《おうみや》で暗殺《あんさつ》される。

王政復古《おうせいふっこ》の大号令《だいごうれい》。

一八六八年《ねん》　戊辰戦争《ぼしんせんそう》はじまる。

京都《きょうと》・大坂《おおさか》・東京《とうきょう》が首都候補《しゅとこうほ》に。検討《けんとう》のすえ江戸《えど》が東京《とうきょう》となる。

元号《げんごう》が明治《めいじ》になる。

一八六九年《ねん》　天皇《てんのう》が正式《せいしき》に東京《とうきょう》に移《うつ》る。

戊辰戦争《ぼしんせんそう》終《お》わる。

わたしたちが知《し》っている歴史《れきし》だ。

「ちゃんと歴史《れきし》が修正《しゅうせい》されてる。関《せき》ヶ《が》原《はら》の時界《じかい》の壁《かべ》にあいた大《おお》きな穴《あな》はふさがったんだ。

よかった。」

わたしは日本史年表《にほんしねんぴょう》を閉《と》じた。

――「なんとか穴《あな》をふさげたみたいね。途中《とちゅう》では、穴《あな》をふさぐどころか歴史《れきし》を大幅《おおはば》に変《か》えるところだったけど。」

背後《はいご》で女《おんな》の子《こ》の声《こえ》がした。

振《ふ》り向《む》くと、わたしたちの目《め》の前《まえ》には、夏目少年《なつめしょうねん》となっちゃんが立《た》っていた。

わたしは、夏目少年《なつめしょうねん》にいった。

「ああっ！　はじめに関ヶ原《せきがはら》にタイムトリップしたとき、いっしょに来《き》てくれなかったでしょ！」

夏目少年《なつめしょうねん》は、頭《あたま》をぽりぽり掻《か》きながらいう。

「だって、君《きみ》たち自身《じしん》の手《て》で解決《かいけつ》してほしかったからね。」

夏目少年《なつめしょうねん》が、そこで言葉《ことば》を切《き》った。

「関ヶ原《せきがはら》の戦《たたか》いで西軍《せいぐん》が勝《か》って、二十一世紀《せいき》の首都《しゅと》が大阪《おおさか》になったりして、ずいぶん苦労《くろう》したみたいだけど。」

わたしは、はじめに関ヶ原《せきがはら》にタイムトリップしたときのことを思《おも》い出《だ》しながら、きいた。

「どうして大《おお》きな穴《あな》があいたのが関ヶ原《せきがはら》の時界《じかい》の壁《かべ》だったの？　天下分《てんかわ》け目《め》だから？」

「ちがうよ。」

なっちゃんが首《くび》を横《よこ》に振《ふ》った。

「なに？」

「もともと関ヶ原《せきがはら》の時界《じかい》の壁《かべ》が薄《うす》くなってたのよ。そこに歪《ひず》みが積《つ》み重《かさ》なって、時界《じかい》の壁《かべ》が破《やぶ》れて大《おお》きな穴《あな》があいたの。」

「どうして時界《じかい》の壁《かべ》が薄《うす》くなってたの？」

「小早川秀秋《こばやかわひであき》のせいよ。」

「秀秋《ひであき》さんの？　どういうこと？」

「小早川秀秋《こばやかわひであき》を悪《わる》くいう人《ひと》の視点《してん》に立《た》つと、彼《かれ》は、西軍《せいぐん》の石田三成《いしだみつなり》にも、東軍《とうぐん》の徳川家康《とくがわいえやす》にもいい顔《かお》をしていた。」

「う、うん。」

「結果的《けっかてき》には、西軍《せいぐん》から寝返《ねがえ》って、東軍《とうぐん》に味方《みかた》したけど、小早川秀秋《こばやかわひであき》は心《こころ》のどこかで後悔《こうかい》していたの。だってそうでしょ。東軍《とうぐん》に味方《みかた》したら西軍《せいぐん》を、西軍《せいぐん》に味方《みかた》したら東軍《とうぐん》を裏切《うらぎ》ることになる。」

「そうね。」

「その小早川秀秋《こばやかわひであき》の後悔《こうかい》の念《ねん》が、関ヶ原《せきがはら》の時界《じかい》の壁《かべ》を薄《うす》くしてしまったの。」

わたしは、この二十一世紀《せいき》にもどってくる直前《ちょくぜん》、わたしたちを助《たす》けるために颯爽《さっそう》と登場《とうじょう》した秀秋《ひであき》さんのことを思《おも》い出《だ》していた。

「後悔《こうかい》しているようには見《み》えなかったけど。」

「そりゃそうよ。あなたたちを助《たす》けるために登場《とうじょう》した時点《じてん》で、小早川秀秋《こばやかわひであき》の後悔《こうかい》の念《ねん》はなくなっていたから。」

「ああ。」

「あなたたちが二十一世紀《せいき》にもどったあと、というか、関ヶ原《せきがはら》の戦《たたか》いが終《お》わったあとで、わたしたち、確認《かくにん》のために小早川秀秋《こばやかわひであき》に会《あ》ったのね。」

「そうなの？」

「そのとき小早川秀秋《こばやかわひであき》がいってた。『あの子供《こども》たちに会《あ》ったおかげで、堂々《どうどう》と徳川方《とくがわがた》に味方《みかた》することができた。よかった。』って。」

わたしは、ほっと胸《むね》をなでおろした。

「ってことで、伝言《でんごん》したからね。」

なっちゃんがいうと、夏目少年《なつめしょうねん》もうなずき、タイムスコープを操作《そうさ》。

ふたりの姿《すがた》が消《き》えた。

そのときだった。

うしろから声《こえ》をかけられた。

——「犬《いぬ》を抱《だ》いて入《はい》ってはいけません！」

振《ふ》り返《かえ》ると、黒縁眼鏡《くろぶちめがね》の中年《ちゅうねん》の女性店員《じょせいてんいん》がわたしの腕《うで》のなかのタイムを見《み》ていた。やっぱり、タイムの尻尾《しっぽ》が見《み》えていたらしい。

あの女性店員《じょせいてんいん》だ。こんどは、ちゃんと標準語《ひょうじゅんご》をつかった。

やばっ。

わたしは、女性店員《じょせいてんいん》をはねのけて、走《はし》りだした。

タイムを抱《だ》いたまま、一段飛《だんと》ばしで階段《かいだん》を下《お》りていった。

うしろから拓《た》っくんも亮平《りょうへい》くんもつづく。

「香里《かおり》ちゃん、転《ころ》んじゃダメだよ！」

「拓《た》っくんと亮平《りょうへい》くんも気《き》をつけて！」

わたしたち三人《にん》が「TATSUYA《タツヤ》」から出《で》たときだった。

左方向《ひだりほうこう》から右方向《みぎほうこう》に黒《くろ》ずくめの男《おとこ》たちが走《はし》っていった。

ひっ！

心臓《しんぞう》が止《と》まりそうだった。

「ヒャ、ン。」

タイムが声《こえ》をひきつらせながら鳴《な》いた。

タイムパトロールだ。

タイムパトロール三人《にん》が関ヶ原《せきがはら》の戦場《せんじょう》から消《き》えたわたしたちを追《お》いかけてきたのだ。

タイムを抱《だ》いたわたしはとっさに左《ひだり》に向《む》かって走《はし》った。

拓《た》っくん、亮平《りょうへい》くんもつづく。

後方《こうほう》で声《こえ》がした。

――「あっ！　いたぞ！」

左方向《ひだりほうこう》から右方向《みぎほうこう》に向《む》かって走《はし》ったタイムパトロールたちは、自分《じぶん》たちが走《はし》ってきた方《ほう》角《がく》にわたしたちが逃《に》げたものだから、方向転換《ほうこうてんかん》するぶんだけ時間《じかん》がかかる。

すぐうしろから拓《た》っくんがきいてくる。

「どこに向《む》かってるの!?」

「わからない！　でも、このままじゃ音羽《おとわ》の森《もり》に行《い》っちゃいそう！」

「それでいいよ！　――亮平《りょうへい》、がんばれ！」

「がんばってるよ！　おれなりにがんばってる！」

わたしと拓《た》っくんは、亮平《りょうへい》くんのうしろに回《まわ》って、うしろから押《お》すように走《はし》り、さらに角《かど》を折《お》れて、音羽《おとわ》の森《もり》につづく坂道《さかみち》をのぼっていった。

タイムパトロール三人《にん》は後方《こうほう》七、八メートルくらいまで迫《せま》ってきてる。

拓《た》っくんが励《はげ》ます。

「亮平《りょうへい》！　死《し》ぬ気《き》で走《はし》れ！」

「死《し》んだら走《はし》れないよ！」

「冗談《じょうだん》いえるんなら、まだ、だいじょうぶだ！」

拓《た》っくんが、わたしに小声《こごえ》でいってきた。

「音羽《おとわ》の森《もり》に入《はい》って、道《みち》が平坦《へいたん》になったら、おれが囮《おとり》になるから、香里《かおり》ちゃんは亮平《りょうへい》と安《あん》全《ぜん》なところに逃《に》げな。」

「でも、拓《た》っくん！」

「でもさ、拓哉《たくや》！」

「いいから！」

音羽《おとわ》の森《もり》に入《はい》った。

拓《た》っくんが、わたしと亮平《りょうへい》くんの背中《せなか》を押《お》した。

振《ふ》り向《む》くと、拓《た》っくんが立《た》ち止《ど》まって、手《て》を広《ひろ》げた。

追《お》ってくるタイムパトロール三人《にん》と対峙《たいじ》する。

「来《こ》い！　おれが相手《あいて》だ！」

タイムパトロール三人《にん》は、なにもいわない。

三人《にん》のうち、真《ま》ん中《なか》の背《せ》の高《たか》い人《ひと》が拓《た》っくんとまっすぐ対峙《たいじ》し、ほかの、背《せ》の低《ひく》いタイムパトロールと太《ふと》ったタイムパトロールは、わたしと亮平《りょうへい》くんを追《お》おうとしている。

その左右《さゆう》のふたりが動《うご》くたびに、拓《た》っくんが右《みぎ》に左《ひだり》に動《うご》いて、牽制《けんせい》している。

牽制《けんせい》しながらも、後方《こうほう》にいるわたしと亮平《りょうへい》くんのことを肩《かた》ごしに見《み》て、もっと遠《とお》くに逃《に》げろというように、しっしっと手《て》で追《お》い払《はら》う動作《どうさ》をしている。

わたしは、いくら拓《た》っくんが囮《おとり》になってくれているとはいえ、見捨《みす》てて逃《に》げたくはなかった。

ひとりでも追《お》ってきたら逃《に》げるつもりで、振《ふ》り返《かえ》って立《た》ち止《ど》まっていた。

わたしと亮平《りょうへい》くんと、拓《た》っくんと背《せ》の高《たか》いタイムパトロールとの距離《きょり》は十五メートルくらい。

拓《た》っくんが、背《せ》の高《たか》いタイムパトロールに向《む》かってきいているのが聞《き》こえてきた。

「おれたちを捕《つか》まえたら、どうするつもりなんだ！　いつかみたいに時間管理局《じかんかんりきょく》のＵＦＯ《ユーフォー》に監禁《かんきん》するつもりか！」

わたしは、かつて、美人女子大生《びじんじょしだいせい》の野々宮麻美《ののみやあさみ》さんがタイムパトロールに捕《つか》まったときのことを思《おも》い出《だ》していた。(『女王《じょおう》さまは名探偵《めいたんてい》!』『牛若丸《うしわかまる》は名探偵《めいたんてい》!』を読《よ》んでね。)

まっすぐに対峙《たいじ》している背《せ》の高《たか》いタイムパトロールがいう。

「監禁《かんきん》してもなんの意味《いみ》もない。もっといい方法《ほうほう》を見《み》つけた。」

「なんだよ。」

「ま、教《おし》えても、覚《おぼ》えていないだろうから教《おし》えてやる。」

「おれ、記憶力《きおくりょく》はいいんだ。」

「ふっ。どれだけ記憶力《きおくりょく》がよくても、ダメだ。」

「どういうことだよ。」

「日本史《にほんし》のあちこちに小《ちい》さな歪《ひず》みを作《つく》り、結果的《けっかてき》に時界《じかい》の壁《かべ》に大《おお》きな穴《あな》をあけた罰《ばつ》だ。おまえたちの、タイムスリップした記憶《きおく》を消《け》す。」

「そんなことが……。」

「できる。」

「どこかに連《つ》れていくのか。」

「いや。タイムスコープにスイッチがひとつ増《ふ》えただけ。このボタンを押《お》すだけですむ。

どうだ、簡単《かんたん》だろう。」

「なにっ。『メン・イン・ブラック（Men in Black）』かよ！」

映画好《えいがず》きの拓《た》っくんがいう。トミー・リー・ジョーンズとウィル・スミスが主役《しゅやく》の『メン・イン・ブラック』には、宇宙人《うちゅうじん》を見《み》た記憶《きおく》を消《け》す機械《きかい》が登場《とうじょう》するのだ。

その男《おとこ》は左右《さゆう》に目配《めくば》せした。

すると、左右《さゆう》の男《おとこ》たちの動《うご》きが速《はや》くなった。

大《おお》きく迂回《うかい》して走《はし》ると、左右《さゆう》から、わたしと亮平《りょうへい》くんのほうに向《む》かってきた。

こんどは、わたしが囮《おとり》になる番《ばん》だった。

「亮平《りょうへい》くん、逃《に》げて！　わたしが囮《おとり》になるから！」

「………………」

でも亮平《りょうへい》くんは動《うご》こうとしない。

「どうして？」

「香里《かおり》ちゃんを囮《おとり》にさせるわけにいかないよ！」

亮平《りょうへい》くんは、おろした両手《りょうて》に力《ちから》を入《い》れると、追《お》ってくる背《せ》の低《ひく》いタイムパトロールに向《む》かって走《はし》っていった。

おどろいたのは、背《せ》の低《ひく》いタイムパトロールだ。

あっという間《ま》に亮平《りょうへい》くんが体当《たいあ》たりすると、背《せ》の低《ひく》いタイムパトロールが吹《ふ》き飛《と》んだ。

地面《じめん》に背中《せなか》を打《う》って失神《しっしん》した。

その亮平《りょうへい》くんに向《む》かって、太《ふと》ったタイムパトロールが飛《と》びかかっていった。亮平《りょうへい》くんは体当《たいあ》たりを食《く》らった。

不意《ふい》を打《う》たれた亮平《りょうへい》くんが地面《じめん》に転《ころ》がる。

「亮平《りょうへい》くん！」

「ワン！」

タイムが吠《ほ》える。

わたしはタイムを地面《じめん》におろすと、走《はし》っていって、跳《と》んだ。

「えーい！」

右回《みぎまわ》し蹴《げ》りをした。

太《ふと》ったタイムパトロールの背中《せなか》にあたった。

太《ふと》ったタイムパトロールの身体《からだ》が、ぐらりとゆれた。

そこをすかさず、亮平《りょうへい》くんが体当《たいあ》たり。

太《ふと》ったタイムパトロールが仰向《あおむ》けにばったりと倒《たお》れた。

さらに仰向《あおむ》けに倒《たお》れたタイムパトロールの顔《かお》に、
タイムがまたがって、おしっこをする。

じゃ――っ！

「やったね、亮平《りょうへい》くん！」

「やったね、香里《かおり》ちゃん！」

亮平《りょうへい》くんとわたしがハイタッチ。

「ワン！」

タイムも吠《ほ》える。

そのときだった。

――「よくよろこんでいられるなあ！」

15　かけがえのない記憶《きおく》よ、永久《えいきゅう》に

背《せ》の高《たか》いタイムパトロールが左腕《ひだりうで》をうしろから回《まわ》し、拓《た》っくんの身体《からだ》をしめつけているのが見《み》えた。

拓《た》っくんが、そうやすやすと負《ま》けるはずがないので、背《せ》の高《たか》いタイムパトロールの力《ちから》は、かなり強《つよ》いらしい。

身体《からだ》をしめつけていないほうの右手《みぎて》には、タイムスコープがにぎられている。

拓《た》っくんを助《たす》けなきゃ！

わたし――遠山香里《とおやまかおり》――と亮平《りょうへい》くんが走《はし》りだそうとすると、背《せ》の高《たか》いタイムパトロールがいった。

「それ以上近《いじょうちか》づくと、氷室拓哉《ひむろたくや》のタイムスリップ記憶《きおく》が消《け》されることになるぞ！」

わたしと亮平《りょうへい》くんは足《あし》を止《と》めざるをえなかった。

拓《た》っくんのタイムスリップ記憶《きおく》が消《け》される。

タイムスリップは、拓《た》っくん、亮平《りょうへい》くん、わたしの思《おも》い出《で》なのだ。

その思《おも》い出《で》がなくなってしまうのなんてイヤ。

ぜったいにイヤ！

さらに、背《せ》の高《たか》いタイムパトロールがいう。

「氷室拓哉《ひむろたくや》だけでなく、堀田亮平《ほったりょうへい》のタイムスリップ記憶《きおく》も、遠山香里《とおやまかおり》のタイムスリップ記《き》憶《おく》も消《け》してやる。」

そんなっ。

「ひとりの記憶《きおく》だけが消《き》えるんじゃない。三人《にん》そろって消《き》えるのだ。平等《びょうどう》ならいいではないか。」

「イヤだよ！」

亮平《りょうへい》くんにつづいて、わたしもさけんだ。

「イヤよ！　わたしたちを全否定《ぜんひてい》するようなことをしないで！」

どうすれば、どうすれば……。

そのとき、うしろからしめつけられている拓《た》っくんがいった。

「なら、おれの記憶《きおく》だけ消《け》してくれ。亮平《りょうへい》と香里《かおり》ちゃんの記憶《きおく》は消《け》さないでくれ！　もう、暴《あば》れたりしないからさ。」

背《せ》の高《たか》いタイムパトロールが笑《わら》う。

「ふははは。ダメだ。氷室拓哉《ひむろたくや》、堀田亮平《ほったりょうへい》、遠山香里《とおやまかおり》。いっしょだ。三人仲良《にんなかよ》く記憶《きおく》を消《け》してやる。タイムスコープのこのボタンを押《お》せば、おまえたち三人《にん》のタイムスリップ記憶《きおく》は消《き》える。ははは。」

背《せ》の高《たか》いタイムパトロールの右手《みぎて》の親指《おやゆび》が、タイムスコープのボタンにかかった。

そのときだった。

――「きえい！」

女《おんな》の人《ひと》の声《こえ》がした。

かと思《おも》うと、タイムスコープをにぎっている背《せ》の高《たか》いタイムパトロールの右手首《みぎてくび》を、女《おんな》の人《ひと》の細《ほそ》い足《あし》が襲《おそ》った。

「がっ！」

背《せ》の高《たか》いタイムパトロールが体勢《たいせい》をくずし、うしろ向《む》きに倒《たお》れた。

蹴《け》りあげた女《おんな》の人《ひと》はほぼ同時《どうじ》に着地《ちゃくち》すると、うしろ向《む》きに倒《たお》れた背《せ》の高《たか》いタイムパトロールのみぞおちのあたりに拳《こぶし》を突《つ》き入《い》れた。

背《せ》の低《ひく》いタイムパトロール、太《ふと》ったタイムパトロールにつづいて、背《せ》の高《たか》いタイムパトロールも失神《しっしん》した。

その女《おんな》の人《ひと》は、パンパンと手《て》をたたきながら、わたしたちのほうを振《ふ》り向《む》いた。

その人《ひと》は、白《しろ》いブラウスにジーンズの上《うえ》から、黒《くろ》いエプロンをつけていた。

すぐそばに立《た》っている拓《た》っくんがさけぶ。

「麻美《あさみ》さん？」

「麻美《あさみ》さんじゃない!?」

「麻美《あさみ》さん！」

「ワン！」

亮平《りょうへい》くんにつづき、わたしもタイムもさけんでいた。

美人女子大生《びじんじょしだいせい》の野々宮麻美《ののみやあさみ》さんだ。

麻美《あさみ》さんは空手《からて》の使《つか》い手《て》なのだ。それだけじゃない。剣道《けんどう》、柔道《じゅうどう》、合気道《あいきどう》もやっている。

わたしは、麻美《あさみ》さんにきいた。

「麻美《あさみ》さん、どうして、ここに？」

麻美《あさみ》さんが両手《りょうて》を腰《こし》にあてながら答《こた》える。

「『ガロ』の前《まえ》を、あなたたちが黒《くろ》ずくめの男《おとこ》たちに追《お》われながら走《はし》るのが見《み》えたからよ。」

麻美《あさみ》さんが「ガロ」というのは、音羽商店街《おとわしょうてんがい》のなかほどにある「名曲喫茶《めいきょくきっさ》ガロ」のことだ。蔦《つた》がからまった外装《がいそう》といい、木製《もくせい》のドアといい、ドアにとりつけられた、カランカランと鳴《な》る鈴《すず》といい、昭和《しょうわ》の香《かお》り漂《ただよ》う、いかにもなつかしいかんじの喫茶店《きっさてん》だ。麻美《あさみ》さんは、その「名曲喫茶《めいきょくきっさ》ガロ」でアルバイトをしているのだ。

麻美《あさみ》さんがつづける。

「そうじゃないかと思《おも》ったけど、やっぱりタイムパトロールだったのね。」

「やっつけてくれて、どうもありがとうございました。」

「いいのよ、いいのよ。それにしても、ひさしぶり！　しかしタイムスコープに記憶消去《きおくしょうきょ》ボタンが加《くわ》わるとは思《おも》わなかったわ。」

麻美《あさみ》さんが、なつかしそうにいう。

「これからどうすればいいんですか？」

わたしは、きいた。

「そうね。」

麻美《あさみ》さんが、倒《たお》れているタイムパトロールたちを見《み》ながら、物思《ものおも》いにふける。

「タイムパトロールたちを、このままにしておくわけにはいかないわね。」

わたしは、あることを思《おも》いついた。

「あとのふたりを、ここにひきずってきましょ。」

わたしは動《うご》きはじめた。

わたしと拓《た》っくんが背《せ》の低《ひく》いタイムパトロールを、麻美《あさみ》さんと亮平《りょうへい》くんが太《ふと》ったタイムパトロールをひきずってきた。

背《せ》の高《たか》いタイムパトロールと身体《からだ》が接触《せっしょく》するように「川《かわ》」の字《じ》に並《なら》べる。

「それで？」

「どうするの？」

拓《た》っくんと亮平《りょうへい》くんがきいてくる。わたしは麻美《あさみ》さんにいった。

「麻美《あさみ》さん、タイムスコープを持《も》っていた時期《じき》があるから、操作方法《そうさほうほう》わかりますよね？」

「わかるけど。」

「この三人《にん》を、どこかに送《おく》っちゃってください。」

「あははは。なるほどね。どこがいい？　そうだ、いっそのこと。」

麻美《あさみ》さんはしゃがむと、背《せ》の高《たか》いタイムパトロールがにぎったままのタイムスコープを操作《そうさ》しはじめた。

「三秒後《びょうご》にスイッチオン、と。これでよし。」

……二秒《びょう》……三秒《びょう》……。

タイムスコープが光《ひか》ったかと思《おも》うと、タイムパトロール三人《にん》の姿《すがた》が消《き》えた。

わたしは麻美《あさみ》さんにきいた。

「どこに送《おく》ったんですか？」

「一億年前《おくねんまえ》の中生代《ちゅうせいだい》。恐竜《きょうりゅう》の全盛時代《ぜんせいじだい》！」

「ええっ！」

わたし、拓《た》っくん、亮平《りょうへい》くんは、そろって声《こえ》をあげた。

麻美《あさみ》さんは、楽《たの》しそうに笑《わら》いながら、いった。

「いいのよ、これまで、さんざん、わたしたちタイムスリッパーを追《お》いかけまわして苦《くる》しめてきたんだから。少《すこ》しは反省《はんせい》させなきゃ。あははは。」

そして麻美《あさみ》さんは、真顔《まがお》になっていう。

「で、どうして、あなたたち、音羽《おとわ》の森《もり》なんかにいるの？」

それには拓《た》っくんが答《こた》えた。

「ぼくたちの中学《ちゅうがく》で、こんど校内駅伝大会《こうないえきでんたいかい》があるんで、亮平《りょうへい》に練習《れんしゅう》させてたんです。」

「なるほどね。じゃ、がんばってね。わたし、『ガロ』にもどるから。」

麻美《あさみ》さんは笑顔《えがお》を見《み》せて、回《まわ》れ右《みぎ》をすると、手《て》を振《ふ》りながら、歩《ある》き去《さ》っていった。

わたしは、これまでタイムスリップで経験《けいけん》してきたいろんなことを思《おも》い出《だ》しながら、独《ひと》り言《ごと》のようにいった。

「これまで麻美《あさみ》さんには、いろいろ助《たす》けてもらったね。感謝《かんしゃ》しないと。」

わたしがいうと、拓《た》っくんと亮平《りょうへい》くんも、うんうんとうなずく。

麻美《あさみ》さんの背中《せなか》が見《み》えなくなったところで、拓《た》っくんが亮平《りょうへい》くんにいう。

「ほら、練習《れんしゅう》するぞ。」

「わかってるけどさ、拓哉《たくや》、おまえ、A班《エーはん》とB班《ビーはん》、どっちに入《はい》るか決《き》めたのか？」

「うーむ。」

わたしは拓《た》っくんにいった。

「まるで西軍《せいぐん》に味方《みかた》するか、東軍《とうぐん》に味方《みかた》するか迷《まよ》ってる小早川秀秋《こばやかわひであき》さんね。」

拓《た》っくんが腕組《うでぐ》みをする。

「うーむ。大《だい》のおとなの小早川秀秋《こばやかわひであき》さんだって迷《まよ》ってたんだ。人生《じんせい》を左右《さゆう》することを決《き》めるってたいへんだよな。」

「おおげさねえ。」

わたしは笑《わら》った。

「いいじゃないかよ。」

「物事《ものごと》を決《き》めるときって、理屈《りくつ》じゃなくて、自分《じぶん》のなかの自分《じぶん》に正直《しょうじき》になれば、それでいいんじゃない？」


校内駅伝大会当日《こうないえきでんたいかいとうじつ》。

最後《さいご》の第《だい》十七区間《くかん》を走《はし》りおえ、二位《い》の三年生《ねんせい》に大差《たいさ》をつけてゴールテープを切《き》ったぼく——氷室拓哉《ひむろたくや》——に向《む》かって、亮平《りょうへい》が走《はし》ってきた。亮平《りょうへい》が興奮《こうふん》しながら、いう。

「拓哉《たくや》！　一年生《ねんせい》が優勝《ゆうしょう》したのは、学校創立以来《がっこうそうりついらい》、初《はつ》だってさ！」

「らしいな。」

「ところで、どうしてB班《ビーはん》に入《はい》ってくれたんだ？」

ぼくは額《ひたい》の汗《あせ》をぬぐいながら、亮平《りょうへい》にいった。

「香里《かおり》ちゃんもいってたじゃないか。物事《ものごと》を決《き》めるときは、『理屈《りくつ》じゃなくて、自分《じぶん》のなかの自分《じぶん》に正直《しょうじき》になれば、それでいいんじゃない？』って。」

「どういうことだよ。」

「おれは、おまえがいるB《ビー》班《はん》に負《ま》けてほしくないから、B《ビー》班《はん》に入《はい》っただけだよ。」

「拓哉《たくや》ぁ〜。」

亮平《りょうへい》が半《はん》べそをかいたような顔《かお》で、ぼくに抱《だ》きついてきた。

「こ、こら、やめろ。ヘンな噂《うわさ》がたつだろ！　おい、やめろってば！」

〈香里《かおり》、「関ヶ原《せきがはら》の戦《たたか》い」を復習《ふくしゅう》する〉

関ヶ原《せきがはら》の戦《たたか》いと二十一世紀《せいき》のあいだをなんども行《い》ったり来《き》たりしたわたし——遠山香里《とおやまかおり》——は、翌日《よくじつ》、取材《しゅざい》で留守中《るすちゅう》のママの書斎《しょさい》に入《はい》った。ママはミステリー作家鮎川里紗《さっかあゆかわりさ》だ。歴史《れきし》に題材《だいざい》をとったトラベルミステリーを書《か》いてて、二時間《じかん》ドラマの原作《げんさく》になっている。資料《しりょう》が時代順《じだいじゅん》に並《なら》んだ書棚《しょだな》のなかから『関ヶ原《せきがはら》の戦《たたか》いがすべてわかる本《ほん》』という本《ほん》を取《と》り出《だ》したわたしはページをめくり、関ヶ原《せきがはら》の戦《たたか》いについて復習《ふくしゅう》した。

慶長《けいちょう》五年《ねん》（一六〇〇年《ねん》）

四月《がつ》　会津《あいづ》の上杉景勝《うえすぎかげかつ》が戦支度《いくさじたく》をはじめていると噂《うわさ》が立《た》つ。

七月《がつ》　徳川家康《とくがわいえやす》が諸武将《しょぶしょう》を引《ひ》き連《つ》れ、上杉景勝《うえすぎかげかつ》を討《う》つため会津《あいづ》へ向《む》かう。

　　　徳川家康《とくがわいえやす》の留守中《るすちゅう》に石田三成《いしだみつなり》が大坂《おおさか》で戦《いくさ》の準備《じゅんび》をはじめる。

八月《がつ》　全国《ぜんこく》の武将《ぶしょう》たちが豊臣方《とよとみがた》（西軍《せいぐん》）と徳川方《とくがわがた》（東軍《とうぐん》）に分《わ》かれはじめる。

九月《がつ》　地方版《ちほうばん》「関ヶ原《せきがはら》の戦《たたか》い」がはじまる。

九月《がつ》十五日《にち》
未明《みめい》、豊臣方《とよとみがた》（西軍《せいぐん》）と徳川方《とくがわがた》（東軍《とうぐん》）が関ヶ原《せきがはら》に出陣《しゅつじん》する。
午前《ごぜん》八時《じ》ごろ、関ヶ原《せきがはら》で本戦《ほんせん》がはじまる。
午前《ごぜん》十時《じ》ごろ、傍観《ぼうかん》して戦況《せんきょう》を見《み》つめている味方《みかた》に参戦《さんせん》をうながすため、石田三成《いしだみつなり》が狼煙《のろし》を上《あ》げさせる。
正午《しょうご》ごろ、徳川方《とくがわがた》が小早川秀秋《こばやかわひであき》の陣《じん》に発砲《はっぽう》。小早川秀秋《こばやかわひであき》が寝返《ねがえ》る。
午後《ごご》三時《じ》ごろ、豊臣方《とよとみがた》の敗走《はいそう》で戦《いくさ》が決《けっ》する。
九月《がつ》二十一日《にち》
逃走《とうそう》していた石田三成《いしだみつなり》が捕《つか》まる。
十月一日《がつついたち》
石田三成《いしだみつなり》が処刑《しょけい》される。

わたしは本《ほん》のページを開《ひら》いたまま、つぶやいた。

「たった半日《はんにち》、ううん、たった七時間《じかん》くらいで戦《いくさ》が終《お》わっちゃうなんて。日本《にっぽん》じゅうの戦国武将《せんごくぶしょう》たちにとって想定外《そうていがい》の出来事《できごと》だったのよね。でも関ヶ原《せきがはら》の戦《たたか》いの時界《じかい》の壁《かべ》にあいた穴《あな》がふさがって、ほんとうによかった……。」

わたしは本《ほん》を閉《と》じて書棚《しょだな》にもどすと、ママの書斎《しょさい》を出《で》た。

あとがき

親愛《しんあい》なる読者諸君《どくしゃしょくん》。

第二《セカンド》シーズンの第《だい》二十一弾《だん》、楽《たの》しんでもらえましたか？　タイトルに人名《じんめい》が冠《かん》されていないので驚《おどろ》いた人《ひと》もいるかもしれません。じつは本作《ほんさく》をもって第二《セカンド》シーズンは最後《さいご》です。読者諸君《どくしゃしょくん》の「えーっ！」という声《こえ》が聞《き》こえてきそうですが、最後《さいご》まで読《よ》んでください。

第二《セカンド》シーズンの最後《さいご》を飾《かざ》る本作《ほんさく》では、ふたつばかり趣向《しゅこう》を変《か》えてみました。

ひとつは、タイトルを『人名《じんめい》＋名探偵《めいたんてい》!!』から『地名《ちめい》＋名探偵《めいたんてい》!!』に変《か》えたこと。

舞台《ぶたい》はもちろん関ヶ原《せきがはら》の戦《たたか》いです。登場《とうじょう》する戦国武将《せんごくぶしょう》は、豊臣方《とよとみがた》（西軍《せいぐん》）の石田三成《いしだみつなり》、島左近《しまさこん》、豊臣方《とよとみがた》（西軍《せいぐん》）から徳川方《とくがわがた》（東軍《とうぐん》）に寝返《ねがえ》ったことで知《し》られる小早川秀秋《こばやかわひであき》の三人《にん》。

徳川家康《とくがわいえやす》を登場《とうじょう》させなかったのには理由《りゆう》があります。それは豊臣方《とよとみがた》の武将《ぶしょう》たちを再評価《さいひょうか》したいと思《おも》ったからです。敗《やぶ》れてしまった石田三成《いしだみつなり》には、彼《かれ》なりの正義《せいぎ》がありました。また小早川秀秋《こばやかわひであき》は「裏切《うらぎ》り者《もの》」のレッテルを貼《は》られていますが、ほかにも徳川方《とくがわがた》に寝返《ねがえ》った武将《ぶしょう》や、陣《じん》から動《うご》かなかった武将《ぶしょう》はいました。豊臣方《とよとみがた》と徳川方《とくがわがた》のどちらに味方《みかた》するか、みな、すんなりと決《き》めたのではなく、迷《まよ》う武将《ぶしょう》が多《おお》かったのです。

もうひとつは、タイムスリップの回数《かいすう》。

今回《こんかい》は、二十一世紀《せいき》と関ヶ原《せきがはら》の戦《たたか》いのあいだでタイムスリップがくりかえされます。あとがきから読《よ》む人《ひと》もいるので、くわしくは書《か》けませんが、香里《かおり》、拓哉《たくや》、亮平《りょうへい》の三人《にん》がこれまでにタイムスリップをくりかえしたことが原因《げんいん》で、日本史《にほんし》のあちこちにできた小《ちい》さな歪《ひず》みが積《つ》み重《かさ》なった結果《けっか》、時界《じかい》の壁《かべ》に大《おお》きな穴《あな》があいていることが判明《はんめい》。その修復《しゅうふく》のため、香里《かおり》、拓哉《たくや》、亮平《りょうへい》の三人《にん》は七転八倒《しちてんばっとう》することになるのです。

「タイムスリップ探偵団《たんていだん》」は、これまで第一《ファースト》シーズン八冊《さつ》、第二《セカンド》シーズン二十一冊《さつ》。計《けい》二十九冊《さつ》をお届《とど》けしてきました。次回《じかい》からは第三《サード》シーズンに突入《とつにゅう》します！　日本史《にほんし》から世界《せかい》史《し》に舞台《ぶたい》が移行《いこう》します。

香里《かおり》、拓哉《たくや》、亮平《りょうへい》の三人《にん》をどんな国《くに》、どんな時代《じだい》にタイムスリップさせたいか、どんな世界史上《せかいしじょう》の有名人《ゆうめいじん》に出《で》てきてほしいか、読者《どくしゃ》ハガキに書《か》いて送《おく》ってくださいね。じゃ。

二〇一六年《ねん》十月《がつ》

楠木誠一郎《くすのきせいいちろう》

＊著者紹介

楠木誠一郎《くすのきせいいちろう》

1960年、福岡県生まれ。日本大学法学部卒業後、歴史雑誌編集者を経て作家となる。『十二階の柩《ひつぎ》』（講談社）で小説デビュー。『名探偵夏目漱石の事件簿』（廣済堂出版）で第８回日本文芸家クラブ大賞受賞。「タイムスリップ探偵団」シリーズ（講談社青い鳥文庫）、『黒田官兵衛　天下人の軍師』（講談社火の鳥伝記文庫）、『馬琴先生、妖怪です！』（静山社）など著書多数。

＊画家紹介

岩崎美奈子《いわさきみなこ》

３月10日、新潟県生まれ。魚座のＢ型。ゲームのキャラクター画、本や雑誌の挿絵などで活躍中。個人画集に『岩崎美奈子　ART WORKS』（ソフトバンク　クリエイティブ）、挿絵に『黄金の花咲く―龍神郷―』（講談社Ｘ文庫ホワイトハート）ほか多数。

公式サイトGREAT ESCAPE
（http://homepage2.nifty.com/g-e/）

この作品は書き下ろしです。

講談社 青い鳥文庫　223-34

関《せき》ヶ《が》原《はら》で名探偵《めいたんてい》!!

——タイムスリップ探偵団《たんていだん》は天下《てんか》分《わ》け目《め》を行《い》ったり来《き》たりの巻《まき》——

楠木《くすのき》誠一郎《せいいちろう》

2016年11月15日　第1刷発行

（定価はカバーに表示してあります。）

発行者　清水保雅

発行所　株式会社講談社

東京都文京区音羽2-12-21　郵便番号112-8001

電話　編集（03）5395-3536

販売（03）5395-3625

業務（03）5395-3615

N.D.C.913　252p　18cm

装　丁　久住和代

印　刷　図書印刷株式会社

製　本　図書印刷株式会社

本文データ制作　講談社デジタル製作

ISBN978-4-06-285592-1

おもしろい話がいっぱい！

パスワード シリーズ

- パスワードは、ひ・み・つ new　松原秀行
- パスワードのおくりもの new　松原秀行
- パスワードに気をつけて new　松原秀行
- パスワード謎旅行 new　松原秀行
- パスワードとホームズ4世 new　松原秀行
- 続・パスワードとホームズ4世 new　松原秀行
- パスワード「謎《パズル》」ブック　松原秀行
- パスワードvs.紅カモメ　松原秀行
- パスワードで恋をして　松原秀行
- パスワード龍《ドラゴン》伝説　松原秀行
- パスワード魔法都市　松原秀行
- パスワード春夏秋冬(上)(下)　松原秀行
- 魔法都市外伝 パスワード幽霊ツアー　松原秀行
- パスワード地下鉄ゲーム　松原秀行
- パスワード四百年パズル「謎《パズル》」ブック2　松原秀行
- パスワード菩薩崎決戦　松原秀行
- パスワード風浜クエスト　松原秀行
- パスワード忍びの里 卒業旅行編　松原秀行
- パスワード怪盗ダルジュロス伝　松原秀行
- パスワード悪魔の石　松原秀行
- パスワードダイヤモンド作戦！　松原秀行
- パスワード悪の華　松原秀行
- パスワード ドードー鳥の罠《わな》　松原秀行
- パスワード レイの帰還　松原秀行
- パスワード まぼろしの水　松原秀行
- パスワード 終末大予言　松原秀行
- パスワード 暗号バトル　松原秀行
- パスワード外伝 猫耳探偵まどか　松原秀行
- パスワード外伝 恐竜パニック　松原秀行
- パスワード 渦巻き少女《ガール》　松原秀行
- パスワード 東京パズルデート　松原秀行
- パスワード UMA《ユーマ》騒動　松原秀行
- パスワード はじめての事件　松原秀行
- パスワード 探偵スクール　松原秀行

名探偵 夢水清志郎 シリーズ

- そして五人がいなくなる　はやみねかおる
- 亡霊《ゴースト》は夜歩く　はやみねかおる
- 消える総生島　はやみねかおる
- 魔女の隠れ里　はやみねかおる
- 機巧館《からくりやかた》のかぞえ唄　はやみねかおる
- 踊る夜光怪人　はやみねかおる
- ギヤマン壺の謎　はやみねかおる
- 徳利長屋の怪　はやみねかおる
- 人形は笑わない　はやみねかおる
- 「ミステリーの館」へ、ようこそ　はやみねかおる
- あやかし修学旅行 鵺《ぬえ》のなく夜　はやみねかおる
- 笛吹き男とサクセス塾の秘密　はやみねかおる
- オリエント急行とパンドラの匣《ケース》　はやみねかおる
- ハワイ幽霊城の謎　はやみねかおる
- 卒業 開かずの教室を開けるとき　はやみねかおる
- 名探偵vs.怪人幻影師　はやみねかおる
- 名探偵vs.学校の七不思議　はやみねかおる
- 名探偵と封じられた秘宝　はやみねかおる

怪盗クイーン シリーズ

- 怪盗クイーンはサーカスがお好き　はやみねかおる
- 怪盗クイーンの優雅な休暇《バカンス》　はやみねかおる
- 怪盗クイーンと魔窟王《まくつおう》の対決　はやみねかおる
- 怪盗クイーン、仮面舞踏会にて　はやみねかおる
- 怪盗クイーンに月の砂漠を　はやみねかおる

講談社　青い鳥文庫

- 怪盗クイーン、かぐや姫は夢を見る　はやみねかおる
- 怪盗クイーンと悪魔の錬金術師《れんきんじゅつし》　はやみねかおる
- 怪盗クイーンと魔界の陰陽師《おんみょうじ》　はやみねかおる
- ブラッククイーンは微笑《ほほえ》まない　はやみねかおる
- 怪盗道化師《ピエロ》　はやみねかおる
- バイバイ スクール　はやみねかおる
- オタカラウォーズ　はやみねかおる
- 少年名探偵WHO《フー》 透明人間事件　はやみねかおる
- 少年名探偵虹北恭助の冒険　はやみねかおる
- ぼくと未来屋の夏　はやみねかおる
- 恐竜がくれた夏休み　はやみねかおる
- 復活!! 虹北学園文芸部　はやみねかおる

大中小《だいちゅうしょう》探偵クラブ シリーズ

- 大中小探偵クラブ (1)〜(2)　はやみねかおる

タイムスリップ探偵団 シリーズ

- 坊っちゃんは名探偵!　楠木誠一郎
- ご隠居さまは名探偵!　楠木誠一郎
- お局さまは名探偵!　楠木誠一郎
- うつけ者は名探偵!　楠木誠一郎
- 陰陽師は名探偵!　楠木誠一郎
- 大泥棒は名探偵!　楠木誠一郎
- 女王さまは名探偵!　楠木誠一郎
- 牛若丸は名探偵!　楠木誠一郎
- 坂本龍馬は名探偵!!　楠木誠一郎
- 平賀源内は名探偵!!　楠木誠一郎
- 聖徳太子は名探偵!!　楠木誠一郎
- 新選組は名探偵!!　楠木誠一郎
- 豊臣秀吉は名探偵!!　楠木誠一郎
- 福沢諭吉は名探偵!!　楠木誠一郎
- 一休さんは名探偵!!　楠木誠一郎
- 安倍晴明は名探偵!!　楠木誠一郎
- 宮沢賢治は名探偵!!　楠木誠一郎
- 宮本武蔵は名探偵!!　楠木誠一郎
- 徳川家康は名探偵!!　楠木誠一郎
- 平清盛は名探偵!!　楠木誠一郎
- 織田信長は名探偵!!　楠木誠一郎
- 真田幸村は名探偵!!　楠木誠一郎
- 源義経は名探偵!!　楠木誠一郎
- 清少納言は名探偵!!　楠木誠一郎
- 黒田官兵衛は名探偵!!　楠木誠一郎
- 伊達政宗は名探偵!!　楠木誠一郎
- 西郷隆盛は名探偵!!　楠木誠一郎
- 真田十勇士は名探偵!!　楠木誠一郎
- 関ヶ原で名探偵!!　楠木誠一郎

宮部みゆきのミステリー

- ステップファザー・ステップ　宮部みゆき
- 今夜は眠れない　宮部みゆき
- この子だれの子　宮部みゆき
- かまいたち　宮部みゆき
- マサの留守番　宮部みゆき
- 蒲生邸《がもうてい》事件 (前編・後編)　宮部みゆき

- お嬢様探偵ありす (1)〜(8)　藤野恵美
- スパイ・ドッグ　コープ
- 天才犬ララ、危機一髪!?　コープ

名探偵 浅見光彦 シリーズ

- ぼくが探偵だった夏　内田康夫
- 耳なし芳一からの手紙　内田康夫
- しまなみ幻想　内田康夫

「講談社《こうだんしゃ》 青《あお》い鳥文庫《とりぶんこ》」刊行《かんこう》のことば

太陽《たいよう》と水《みず》と土《つち》のめぐみをうけて、葉《は》をしげらせ、花《はな》をさかせ、実《み》をむすんでいる森《もり》。小《こ》鳥《とり》や、けものや、こん虫《ちゅう》たちが、春《はる》・夏《なつ》・秋《あき》・冬《ふゆ》の生活《せいかつ》のリズムに合《あ》わせてくらしている森《もり》。森《もり》には、かぎりない自然《しぜん》の力《ちから》と、いのちのかがやきがあります。

本《ほん》の世界《せかい》も森《もり》と同《おな》じです。そこには、人間《にんげん》の理想《りそう》や知恵《ちえ》、夢《ゆめ》や楽《たの》しさがいっぱいつまっています。

本《ほん》の森《もり》をおとずれると、チルチルとミチルが「青《あお》い鳥《とり》」を追《お》い求《もと》めた旅《たび》で、さまざまな体験《たいけん》を得《え》たように、みなさんも思《おも》いがけないすばらしい世界《せかい》にめぐりあえて、心《こころ》をゆたかにするにちがいありません。

「講談社《こうだんしゃ》 青《あお》い鳥文庫《とりぶんこ》」は、七十年《ねん》の歴史《れきし》を持《も》つ講談社《こうだんしゃ》が、一人《ひとり》でも多《おお》くの人《ひと》のために、すぐれた作品《さくひん》をよりすぐり、安《やす》い定価《ていか》でおおくりする本《ほん》の森《もり》です。その一さつ一さつが、みなさんにとって、青《あお》い鳥《とり》であることをいのって出版《しゅっぱん》していきます。この森《もり》が美《うつく》しいみどりの葉《は》をしげらせ、あざやかな花《はな》を開《ひら》き、明日《あす》をになうみなさんの心《こころ》のふるさととして、大《おお》きく育《そだ》つよう、応援《おうえん》を願《ねが》っています。

昭和《しょうわ》五十五年《ねん》十一月《がつ》

講談社